Marie von Stein

Die Amtsschimmelflüsterer

Stolperfall

Roman

Copyright © 2015 Marie von Stein
Kontakt: Marie.von.Stein@t-online.de
Lektorat: WerbeWortBÜRO Text & Co.
Fotos: Lippisches Bergland © Klara Westhoff
Verlag: tredition GmbH, Hamburg

ISBN
Paperback   978-3-7323-2408-8
Hardcover   978-3-7323-2409-5
eBook   978-3-7323-2410-1

Printed in Germany

Das Werk, einschließlich seiner Teile, ist urheberrechtlich geschützt. Jede Verwertung ist ohne Zustimmung des Verlages und des Autors unzulässig. Dies gilt insbesondere für die elektronische oder sonstige Vervielfältigung, Übersetzung, Verbreitung und öffentliche Zugänglichmachung.

»Das, was mich behindert,
damit lerne ich zu leben.
Der, wer mich behindert,
der lässt mich im Leben leiden.«

© Klara Westhoff

Hinweis in eigener Sache: Die beschriebenen Landschaften und die Straßen – es gibt sie alle – nur einer der Ortsnamen entspringt der Phantasie der Autorin.

PROLOG

Ganz vorsichtig um die Ecke. Hoffentlich bekommt keiner etwas mit. Wie gut, dass ich immer als Erstes im Haus bin. Schnell, den Aktenschrank öffnen. Warum lässt sich gerade jetzt der Schlüssel nicht drehen? Mist! Los jetzt, beweg dich! Was ist da für ein Geräusch? Ist da jemand? Kommt schon einer? Ach! Nein, ein Glück. Schnell, aufschließen. Die Akte, wo ist diese Akte bloß? Da, da ist sie. Okay, Blatt reinlegen. Geschafft! Jetzt ganz ruhig. Aktenschrank wieder zu und – tief durchatmen. Hoffentlich wird alles gut. Das muss es einfach. Hoffentlich wird endlich alles den richtigen Weg gehen. So wie bisher darf es nicht weitergehen. Da kann ich nicht mehr zusehen. Es wird alles gut, da bin ich sicher. Alles gut.

1

»Winterberg, Rotenberg, Habichtsberg, … vierter ist Triangelsberg, dann Großer und dann Kleiner Wirksberg. Wie heißt bloß dieser siebte Berg?« Katja klappte den siebten Finger wieder runter, legte den Zeigefinger auf die Unterlippe und richtete den Blick nachdenklich vom Fenster erneut auf den Plan auf ihrem Schreibtisch. Sie nahm sich eine weiße Schaumzuckermaus aus der grünen Glasschale auf dem Schreibtisch und biss genüsslich ein Stück ab. Kauend klatschte Katja in die Hände. »Stöckerberg! Wann werde ich mir das endlich merken können?«

Etwas stupste an ihre Beine und strich um sie herum. Dem Schnurren und Drängeln konnte Katja nicht widerstehen. Sie nahm den Kater hoch, er stapfte mit den Vorderpfoten mehrmals hin und her und ließ sich dann gemütlich auf ihrem Schoß nieder. Gedankenverloren strich Katja ihm über das schwarze, seidige Fell. Der erneute Blick aus warmen, grünen Augen über die sieben Berge ließ ihr Gesicht aufleuchten. »Hinter den sieben Bergen bei den sieben Zwergen, nicht wahr, Amadeus?« Katja lachte leise auf und kraulte dem Kater den Hals. Der Blick vom Kalletal Richtung Weserbergland ins angrenzende Märchenland. Und dann diese Explosion von allen Herbstfarben. Rot, gelb, orange, grün, braun – in allen Schattierungen. Wir haben hier unseren eigenen Indianersommer. So entspannend. Hach!

Das laute Schrillen des Telefons ließ sie aufschrecken. Amadeus fauchte, sprang von Katjas Schoß und fetzte aus dem Arbeitszimmer. »Sollig.«

»Ah, Frau Sollig, schön, dass ich Sie gleich dran habe. Wir haben einen neuen Fall für die Soko hereinbekommen. Könnten Sie bitte in einer Stunde im Büro in Badenhausen sein?«

»Okay, Chef. Um was geht es denn?«

»Eine Strafanzeige gegen einen Lehrer des Kamp-Gymnasiums Badenhausen wegen tätlichen Übergriffs. Wir sollen die Aktenlage prüfen und die Befragungen durchführen.«

»Schau an, das KGB. Ich bin um halb zwölf bei Ihnen. Ist Lieme auch da?«

»Der holt vorher noch die Unterlagen von

den Kollegen der Bereitschaft. Die haben die Anzeige aufgenommen. Bis gleich.«

»Bis gleich, Chef.« Doch der hatte schon aufgelegt.

*

Der kleine Geländewagen fuhr zügig den Winterberg von der lippischen Seite aus hoch, durch den Wald und das kurze Stück Landstraße und dann die Serpentinen der Krückebergstraße wieder herunter. Zum Glück hatte Katja ihre Sonnenbrille aufgesetzt, denn als sie links auf die Weserstraße Richtung Badenhausen einbog, blendete das tiefliegende Licht unangenehm. So, noch 15 Minuten stur geradeaus, zweimal links, und sie konnte auf den Parkplatz der Polizeidienststelle in der Blücherstraße, mitten in der Badenhausener Innenstadt auffahren.

*

»Na, die Amtsschimmelflüsterer mal wieder im Haus?«

»Sei still, Kollege. Wenn du wenigstens mal flüstern würdest, statt immer die große Klappe zu haben.« Katja zwinkerte ihm zu und stürmte zügig weiter.

»Amtsschimmelflüsterer? Was ist denn das?« Der junge Kollege hob seinen Blick vom Bericht vor sich und schaute sein Gegenüber fragend an.

»Noch keinem begegnet?« lachte dieser. »Ach, das sind die Kommissare von der Sonderkommission Sozial. Die haben ein Zusatzstudium in Sozialpädagogik und Sozialrecht und kommen immer zum Einsatz, wenn Sozialbehörden bei einer Strafanzeige beteiligt sind. Jugendhilfe, Sozialhilfe, Schulämter und so. Damit alles seinen rechten Gang geht.«

»Aha, und was flüstern die so?«

»Na, wer bei den Ämtern Bockmist gebaut hat, dem zeigen die schon, wo es langgeht. Oder sie helfen ihm aus dem Dilemma heraus.«

*

Katja marschierte direkt in den Besprechungsraum und legte schon ihre Kladde und die Stifte vor sich hin. Nahm den Telefonhörer und wählte die Kombination für die Zentrale. »Soko Sozial, Sollig am Apparat. Ist Frank Lieme schon zurück, Frau Kramer? Sagen Sie ihm bitte, ich warte im Besprechungsraum.

Ah, da kommt auch schon der Chef. Frank kommt auch gerade bei Ihnen vorbei? Prima. Wiederhören.« Katja blickte zur Seite. »Guten Morgen, Herr Neitmann, Herr Lieme ist schon auf dem Weg.« Sie reichte ihrem Chef die Hand.

»Gut, dann warte ich noch, bevor ich Sie beide über den Fall in Kenntnis setze.« Der Chef, ein grüblerischer, fähiger Kriminalrat, mit schon ziemlich grau durchsetztem Haupthaar, setzte sich gegenüber Katja auf seinen Stuhl und breitete seine Unterlagen aus. Ein attraktiver Kollege, dem man die Cleverness auf den ersten Blick gar nicht ansah, so sehr lenkte sein Aussehen ab. Wenn er jetzt noch ein wenig öfter lächeln würde? Ein kleiner Seufzer stieg in Katja auf.

Die Tür schwang auf und krachte gegen die Wand. »Hey, Lieme, nicht so stürmisch.« Katja grinste den Neuankömmling an, schüttelte die rotbraunen Locken zurück und sagte schelmisch: »Warst du so wild darauf, mich wiederzusehen?«

Frank lachte zurück, sogar Bernd Neitmann verzog das Gesicht zu einem minimalen Grinsen. »War wohl mal wieder etwas zu schnell unterwegs, der liebe Kollege. Sport im Dienst, nicht wahr?«

»Na ja, ich wollte halt pünktlich sein. Die Akte raussuchen hat ein wenig gedauert. Doch nun ist alles beisammen und wir können loslegen. Chef? Sie können übernehmen.« Frank zog sein ordentlich gefaltetes Stofftaschentuch aus der Hosentasche und tupfte sich über die leicht geröteten, verschwitzten Wangen und die Stirn, strich sich über die kurzen blonden Haare und setzte sich mit einem kaum hörbaren »puh« erschöpft an den Tisch.

»Gut, Leute. Frank, reichen Sie Katja bitte die Kopie der Anzeige. Ich kann dann kurz erzählen, was die Staatsanwaltschaft weitergegeben hat.« Bernd Neitmann stellte den Beamer an und warf den ersten Bericht an die Wand. »Also, die Eltern des Schülers Lukas Kraft haben gestern den Sport- und Chemielehrer des KGB, Dr. Dietmar Dreh, wegen eines tätlichen Übergriffs und Beleidigung angezeigt. Er soll dem Schüler während des Sportunterrichts einen Medizinball ins Gesicht geworfen haben. Und als dieser strauchelte und auf den Boden fiel, soll er ihn auch noch beleidigt haben. Der Junge hat direkt seine Eltern angerufen und die sind mit ihm zum Arzt, da die Nase blutete und er Schmerzen hatte.« Bernd Neitmann zeigte das nächste Blatt: »Das hier ist der medizinische Bericht der Unfallstation. Die Nase war gestaucht und wurde gerichtet, im Gesicht gibt es Blutergüsse.« Das nächste Bild zeigte den Schüler und Aufnahmen der Verletzungen. Dann kam eine Kopie der Krankmeldung.

»Haben die Kollegen schon mit dem Lehrer und dem Schulleiter gesprochen? Den Jungen und die Eltern befragt? So wie das aussieht, ist die Anzeige ja schriftlich, und sie ist bei der Bereitschaft nur abgegeben worden.« Katja schaute zu Frank hinüber.

»Nein, es wurde nichts weiter ermittelt. Wegen der Brisanz haben die Kollegen die Anzeige direkt an die Staatsanwaltschaft weitergegeben und um genaue Anweisungen gebeten. Da kommen wir nun ins Spiel. Katja, ich möchte Sie bitten, zur Schule zu gehen und mit dem Schulleiter zu reden.« Er schob ein paar Zettel zur Seite und nahm einen hervor.

»So, der Direktor heißt Linke. Sigmar Linke. Ist dort seit sieben Jahren Schulleiter. Ich habe schon mit dem Sekretariat gesprochen. Sie haben gleich um halb zwei bei ihm einen Termin. Heute ist langer Schultag, da müssten Sie auch mit weiteren Kollegen und Schülern sprechen können. Der Schulleiter weiß wohl noch nicht genau, um was es geht. Anscheinend haben die Eltern ihn noch nicht über die Anzeige informiert. Er weiß nur, dass es um eine Strafanzeige geht. Hier, Frau Sollig. Hier ist die Adresse. Ach, und die Kontaktdaten.« Der Chef schob Katja die Mappe mit den Unterlagen zu und reichte ihr das Infoblatt.

Katja strahlte ihn an. »Ach, Chef. Das KGB, das kennt in dieser Gegend doch jeder. Sogar ich. Obwohl ich mittlerweile im Lippischen Bergland wohne und die ostwestfälischen Berge hinter mir gelassen habe. Meine Schwester war Schülerin am KGB. Jedoch noch unter einer anderen Schulleitung. Frank. Kommst du bitte mit ins Büro? Dann können wir das weitere Vorgehen besprechen. Chef?« Katja nickte ihrem Chef zu, nahm die Unterlagen und ging Frank voraus.

2

Katja kniff die Augen zusammen, um sie vor der gleißenden Sonne zu schützen. Sie quälte sich die steile Steinstraße mit ihrem alten Toyota-Geländewagen hinauf und bremste abrupt. Von rechts kam ein Mofafahrer mit Vorfahrt schwungvoll um die Ecke. Leicht rutschend kam ihr Wagen zum Stehen. Frank blickte tadelnd zur Seite, sagte aber nichts. Langsam zuckelnd fuhr Katja hinter dem Jungen her bis zur Parkplatzeinfahrt, den Blick abgewendet von der Schule am Berghang, die einer Festung gleich über Badenhausen thronte. Schnell noch den Wagen platziert und abgeschlossen, blieb sie neben dem Toyota stehen und lehnte sich gegen die Motorhaube.

Erinnerungen an frühere Besuche hier, als Begleitung ihrer Schwester zu Chorkonzerten und zu guter Letzt zur Abifeier, kamen ihr in den Kopf. Katja selbst war in der Nachbarstadt zur Schule gegangen und hatte dort ihr Abitur gemacht. Marina wollte lieber zu einer musikbegeisterten Schule – wie das KGB.

»Hey, aufwachen! Träumen verboten!« Frank stupste Katja an der Schulter und grinste sie an. »Wo warst du denn gerade? Schulische Albträume?«

»Nein, Erinnerungen an meine Schwester. Die ging hier zur Schule. Lang, lang ist es her. Komm! Lass uns zum Sekretariat gehen!«

»Bitte fahren Sie Ihr Fahrzeug hier weg. Dieser Parkplatz ist nur für Lehrer und erst ab 14:00 Uhr für alle freigegeben.« Eine kleine, drahtige Person mit grauen Haaren stand mit ihren Händen auf den Hüften und wippendem Fuß plötzlich neben Frank und Katja. Katja erschrak. Wo war sie so plötzlich hergekommen? Sie zückte ihren Dienstausweis und hielt ihn der Frau vor die Nase. »Tut mir leid. Polizei Badenhausen. Wir haben einen Termin. Wo finden wir das Sekretariat?«

»Die Treppe hoch, erster Stock, erste Tür links.« Eilig lief die ältere Dame den Parkplatz entlang zu ihrem Auto.

*

»Komm, Frank! Lass uns rauf zum Sekretariat gehen.« Katja drehte sich um, und blieb auf der Stelle wieder stehen. Das Gebäude des

Kamp-Gymnasiums richtete sich imposant und groß vor ihr auf. Sie holte tief Luft, straffte ihre Schultern und machte sich auf den Weg die breiten Treppen hoch zum Haupteingang. Zu Frank gerichtet flüsterte sie: »O Mann, vor solchen Gebäuden habe ich immer einen Heidenrespekt. Sie haben so viele Geschichten zu erzählen. Wenn sie denn könnten. Tja, dann müssen wir wohl die Leute darin ansprechen. Auf geht's!«

Die Glastür schabte über den Boden und Frank musste ganz schön drücken.

Eine kräftige Hand kam von hinten und schob die Tür mit Schwung auf. »Wird Zeit, dass es noch einmal etwas wärmer wird und der Frost aus dem Boden kommt. Dieses ewige Verziehen der Türen nervt.« Die beiden Ermittler drehten sich zu der Stimme hinter ihnen um.

»Guten Tag«, meinte Katja. »Sie sind?«

»Der Hausmeister. Janus. Paul Janus. Sie wollen zum Sekretariat? Die Treppe hoch und erster Stock den Gang entlang, erste Tür links«

»Wow, Herr Janus, sind Sie Hellseher?« Frank grinste den Hausmeister schief an, doch der blickte weiter Katja an und zwinkerte ihr schelmisch zu.

»Nö, ich habe nur Ihr Gespräch mit unserer gestrengen Hofaufsicht mitbekommen.«

»Gut, nochmals danke für die Hilfe mit der Tür.« Katja marschierte auf die Treppe zu, während Paul Janus Frank weiter die Tür aufhielt und sie dann schnarrend wieder zuschob.

*

Der Geruch – einzigartig. Überall Stimmen, Gerenne, Schimpfen. Papierknäuel auf dem Boden, abgebrochene Bleistifte. Chaos oder besser gesagt: große Pause!

Katja und Frank ließen die Aula rechts liegen und gingen den Gang entlang auf die erste Tür zu. Katja klopfte.

3

Sigmar Linke konnte sich heute nicht konzentrieren. Schon zum dritten Mal nahm er sich die Schulordnung vor und überflog die unterstrichenen Paragraphen. Er kriegte das Ganze nicht auf die Reihe. Warum die Verfasser dieser Gesetze auch immer so eine verdrehte, verwirrende Sprache bemühen mussten. Wenn das rechtlich abgesichert sein soll, dann aber auch total unverständlich für einen Nicht-Juristen.

Er griff nach dem Anmeldebogen für die Vergabe des Gütesiegels Individuelle Förderung. Alle zwei Jahre nahm seine Schule erneut an diesem Wettbewerb der NRW-Schulen teil. Voller Stolz schaute er vor sich auf die Wand, um das Foto der Preisübergabe durch die Schulministerin zu bewundern. Gut hatte er damals ausgesehen, so viel Sorgfalt auf seine Kleidung gelegt. Er konnte stolz auf seine Erscheinung sein. Die Metallplakette prangte nun am Haupteingang und zeugte von seinen Fähigkeiten als Schulleiter. Widrigkeiten waren für ihn ein Fremdwort. Auch dieses Mal sollte die Auszeichnung als herausragende Schule kein Problem darstellen. Er kannte die richtigen Leute und drückte die richtigen Knöpfe. Voilà, ein neuer Termin mit dem Schulministerium. Er sah es schon vor seinem geistigen Auge. Er rieb sich die Hände, strich sich das volle, sorgsam getönte Haar aus der Stirn, nahm seinen Füller wieder in die Hand und füllte weiter den Anmeldebogen aus.

Die Tür von seinem Büro zum Sekretariat stand wie immer offen. Nebenan klopfte es. Immer diese Störungen. Ewig hatte einer irgendetwas zu fragen. Man kam gar nicht in Ruhe zum Arbeiten. Hoffentlich kriegt Frau Schröder das allein auf die Reihe.

*

»Herein.«

Die Tür ging auf und zwei Personen traten in das Sekretariat.

»Ja, bitte? Womit kann ich Ihnen helfen?«

»Guten Tag. Mein Name ist Katja Sollig, Kriminalhauptkommissar, mein Kollege Kriminaloberkommissar Frank Lieme. Wir haben einen Termin mit Herrn Linke.« Katja gab der Schulsekretärin die Hand.

»Ah, alles klar. Ihr Chef hat mit mir telefoniert. Anne Schröder. Guten Tag. Guten Tag, Herr Lieme.«

Katja lehnte sich auf die Theke, die Abgrenzung zwischen Sekretariatsbereich und Durchgang zum Schulleiterbüro und sah die angelehnte Tür. »Ihr Chef ist da?« Frau Schröder nickte und zeigte auf die Tür.

Mit Blick auf Katja ging Frank los, klopfte kurz und trat ein, ohne die Erlaubnis des Schulleiters abzuwarten.

Linke hob wütend den Kopf.

»Was soll denn das? Habe ich Sie etwa hereingebeten?«

»Lieme, Kommissariat Badenhausen. Wir haben einen Termin mit Ihnen.«

Frank nahm sich den Stuhl gegenüber dem Direktor, gab ihm die Hand und setzte sich. »Meine Kollegin ist nebenan. Sie kommt sofort.«

In dem Moment ging die Tür auf und Katja trat ein. Nach der kurzen Begrüßung setzte auch sie sich und fing gleich an.

»Herr Linke, der Grund für unseren Besuch ist ein Lehrer aus Ihrem Kollegium. Herr Dreh,

Dr. Dietmar Dreh. Und es geht um einen Schüler, Lukas Kraft. Wir brauchen die Personalakte des Lehrers, die Schülerakte, ach … und, Frau Schröder, rufen Sie bitte Dr. Dreh zu uns.«

Linke stand bedrohlich von seinem Stuhl auf und beugte sich weit zu den beiden Beamten vor. Zorn blitzte in seinen Augen. »Was erlauben Sie sich eigentlich? Wie können Sie hier wegen Lappalien auftauchen und den Schultag durcheinanderbringen?«

»Lappalien, Herr Linke? Wie kommen Sie denn darauf? Meinen Sie, wir würden wegen Lappalien beauftragt, die Ermittlungen zu übernehmen? Wohl kaum, dafür ist unsere Abteilung nicht da. Wir beschäftigen uns nur mit Straftaten. Setzen Sie sich wieder.«

Linke setzte sich schwerfällig wieder hin. Er schluckte auffällig. »Straftat? Wieso kommen Sie wegen einer Straftat? Hier, hier bei uns?«

»Bitte warten Sie einen Moment. Frau Schröder sollte Herrn Dreh gleich geholt haben, dann können wir besprechen, weshalb wir hier sind«, sagte Katja genervt. »Vorab vielleicht nur ein paar Fragen. Frank schreibst du bitte mit?« Katja setzte sich auf die Ecke von Linkes imposantem Schreibtisch näher an ihn heran, zog ihren Pulli glatt und nahm sich die Liste der Fragen vor.

»Herr Linke, seit wann ist Dr. Dreh Teil Ihres Kollegiums?«

»Hm, da muss ich überlegen«, Linke runzelte die Stirn. »1990? Ja, 1990 muss es sein. Ich war schon 10 Jahre hier an der Schule, als er kam.«

»Und welche Fächer unterrichtet er?« Katja rutschte ein wenig auf dem Tisch, um es sich bequemer zu machen. Sie schlug die Beine übereinander und schaute Linke abwartend an.

»Chemie, Chemie und Sport. Sport nur die Mittelstufe. Chemie bis zum Abitur.«

Katja blätterte um und stellte die nächste Frage: »Gab es in der Vergangenheit Schwierigkeiten mit seiner Arbeit als Lehrer? Gab es Probleme mit Schülern? Oder mit Kollegen?«

Linke wand sich auf seinem Stuhl und wippte nervös mit dem Fuß. Er presste die Lippen zu einem schmalen Strich aufeinander. »Probleme? Warum? Keine Probleme, warum auch? Nur die üblichen Zwistigkeiten, die es überall gibt. Normaler Schulalltag eben.«

*

Es klopfte an der Tür. »Ja!« Linkes Stimme nahm wieder den gestrengen Direktorentyp an. Die Tür ging auf und ein großer, hagerer Mann trat ein: Dr. Dietmar Dreh. Frau Schröder hinter ihm lehnte die Tür wieder an. »Frau Sollig, der Raum ist frei. Ich warte dann hier auf Sie, um Sie hinzubringen«, rief sie durch den Türspalt ins Schulleiterzimmer.

»Danke, Frau Schröder. Wir kommen sofort.«

*

Leicht vorgebeugt schien Dr. Dreh seine Größe verbergen zu wollen. Wenige graue Haare bildeten einen Kranz um den ansonsten kahlen Kopf. Er schob mit dem Zeigefinger seine schwarze Hornbrille zurück. Ein unsicheres Räuspern und Krächzen. »Sigmar, du wolltest mich sprechen?«

»Ah, Dietmar, das hier sind die Herrschaften von der Polizei, Herr Lieme und Frau …, Frau ..hm, äh?«

Mit einem strengen Seitenblick auf den Schulleiter wandte Katja sich dem Neuankömmling zu und gab ihm die Hand. »Kriminalhauptkommissar Sollig. Die leitende Ermittlerin. Mein Kollege, Kriminaloberkommissar Lieme. Guten Tag, Herr Dreh. Bitte kommen Sie mit in den Besprechungsraum im Obergeschoss. Herr Linke, Sie gehen bitte mit meinem Kollegen die letzten Fragen durch. Das war es dann heute für Sie. Herr Dreh, gehen Sie bitte voraus.« Katja nickte Frank zu, ging hinter Dietmar Dreh durch die Tür und machte sie leise hinter sich zu.

4

Der Blick aus dem Fenster war unbeschreiblich. Die Sonnenstrahlen beleuchteten den Weg der Weser, die sich durch das Tal unterhalb der Schule schlängelte. Die Amanda, das Fährschiff, war in der Ferne auf ihrem Weg zwischen den Ankerplätzen am Weserufer unterwegs. Das Kaiser-Wilhelm-Denkmal ganz im Norden war heute zu sehen und auch der gegenüberliegende Fernsehturm: die Porta Westfalica, die Westfälische Pforte, die den Übergang vom Bergland Ostwestfalens in die norddeutsche Tiefebene anzeigt. In der Ferne zog eine kleine Piper ruhig ihren Weg durch die Luft. Vermutlich befand sie sich im Landeanflug auf den Flugplatz in Costedt.

Katja genoss diesen Blick in diese traumhafte Landschaft. Wie ruhig und entspannt alles aussah. Als gäbe es keinen Gram. Als gäbe es nur das Hier und Jetzt. Sie atmete ganz tief ein. Denn es gab nur das Hier und Jetzt. Mit einem Seitenblick lächelte sie Frau Schröder an, die neben ihr stand und ebenso die Aussicht genoss.

»Wirklich ein sehr traumhafter Arbeitsplatz, bei dem Ausblick. Da kommt man gleich wieder runter, wenn man sich hier mal entspannen durfte.«

Anne Schröder stimmte ihr zu: »Da haben Sie Recht. Mir gefällt es hier sehr gut. Wenn es mal so richtig wild zugeht, geh' ich in meinen Pausen gerne mal hier hoch und genieße die Ruhe und den Blick in die Natur.«

»Und, geht es hier denn oft wild zu?«

»O ja, sehr oft. Ist halt eine Schule mit 800 Schülern. Leise und gesittet sind da Fremdwörter. Und es ist völlig normal, es sind ja Kinder. Die dürfen auch mal wild sein.« Anne Schröder sah man ihre Begeisterung für ihren Beruf an. Schön, wenn Schüler so eine engagierte Schulsekretärin haben. Jemanden zum Nachfragen, zum Helfen, zum Verarzten, zum Tränentrocknen: eine Schulsekretärin vom alten Schlag. In ihrem Beruf aufgehend. Das sah man dieser Frau an, dass sie ihre Aufgaben mit Leidenschaft, mit Feuer ausübte und nicht einfach To-do-Listen lustlos abhakte.

»Und die Lehrer? Sind die auch wild?« Katja lachte. Doch die Antwort ließ sie aufhorchen.

»Wild, die Lehrer? Eigentlich nicht. Wir haben hier ein sehr kompetentes Kollegium. Ein bisschen wild war es vor einiger Zeit mit Dr. Dreh, ›der Dreher‹, so heißt er hier seitdem. Er hat den kleinen Chemieraum versehentlich in die Luft gejagt. Weil er die Gasflaschen zu fest zugedreht hatte und eine undicht wurde. Gas trat aus und beim nächsten Funken hat es geknallt. Zum Glück ist keinem was passiert. Nur der Chemieraum hat doch sehr gelitten. Seitdem muss Dr. Dreh leiden. Unter seinem Spitznamen und den Lästereien der Schüler, er hätte den Dreh raus.« Anne Schröder schaute gar nicht mehr freundlich, als Schritte die Haupttreppe zum Besprechungsraum herauf zu hören waren. Anscheinend kam Herr Dreh auch endlich zu der Besprechung, nachdem er sich zu einem kurzen Besuch des Lehrer-Waschraumes entschuldigt hatte.

»Ich gehe dann mal wieder runter ins Sekretariat. Es ist gleich Pause, da sollte die Tür nicht abgeschlossen sein. Und am Nachmittag bin ich immer allein. Bis später.« Frau Schröder huschte aus der Tür und eilte den Gang entlang zur Außentreppe.

*

Auf seinem Weg zum Obergeschoss stand eine Klassenzimmertür offen. Gerede, Gekicher und insgesamt Unruhe herrschten im Raum. Ein Schüler steckte den Kopf aus der Tür.

»Wo ist euer Lehrer?«, fragte Dr. Dreh. Auf die Antwort hin, sagte er nur: »Dann macht gefälligst die Tür zu und lärmt nicht so rum.« Mit Schwung warf er die Tür ins Schloss.

*

Auf der Haupttreppe polterte es. Katja schaute aus der Tür, konnte jedoch nur noch sehen, wie eine Klassenzimmertür zuschlug. Den Aufschrei des Schülers bekam sie nicht mehr mit. Schon stand Dr. Dreh vor ihr.

»Bitte treten Sie ein, Dr. Dreh. Ich habe einiges mit Ihnen zu besprechen. Nehmen Sie Platz. Mein Kollege kommt gleich.«

5

Auf dem Rückweg in die Zentrale war Katja schweigsam. Sie konzentrierte sich ganz auf den Verkehr, denn die rutschigen Straßen forderten ihre volle Aufmerksamkeit. So früh im Herbst hatte noch keiner mit Schneeregen und Frost gerechnet und die Zufahrtsstraßen zur Schule hoch waren entsprechend blockiert. Ein Hoch auf Winterreifen – oder Bergabfahrer wie sie. Endlich unten auf der Hauptstraße war der Spuk schon wieder vorbei. Katja schaltete hoch und fuhr zügig weiter.

*

Zurück im Büro stellte Frank die Plastikkiste mit den Akten auf den Besprechungstisch, ging zum Kühlschrank und holte sich eine Cola zero. »Katja, möchtest du auch etwas Kaltes?«

Katja legte ihre Tasche und die Unterlagen zu der Kiste. »Danke, lieb gemeint. Doch ich mache mir lieber einen schönen warmen Ingwertee, mir ist etwas fröstelig. Könntest du den Wasserkocher bitte schon anstellen?«

Sie zog ihre Jacke aus, hängte sie über die Stuhllehne, setzte sich hin und schaute nachdenklich vor sich hin. »Ich verstehe das nicht. Herr Dreh wusste noch nichts von den Verletzungen von Lukas, auch nichts von der Anzeige. Was macht der bloß in seinem Unterricht?« Sie drehte sich zu Frank um.

»Merkt er nicht, wenn ein Schüler verletzt wird und Schmerzen hat? Wie sieht es mit dem Schulleiter aus? Was hat er zu dem Vorfall gesagt?«

»Hier!« Frank reichte Katja ihre Tasse mit dem heißen Tee. »Ich habe ihn dir schon aufgegossen. Vorsicht, heiß!«

»Der Schulleiter?«, fuhr er fort. »Tat unwissend. Er fragte bei Frau Schröder nach, um sich über Lukas zu informieren. Es liegt nur eine allgemeine Krankmeldung der Eltern vor. Keine Information zu den Verletzungen des Jungen oder zu der Anzeige. Er wirkte doch sehr erschrocken und winkte vehement ab, als ich ihn nach weiteren Vorfällen mit Dr. Dreh befragte.«

»Mmmh, gut. Danke.« Katja nippte genüsslich an ihrem Tee und stellte die Tasse wieder ab. »Nachdem wir jetzt die Akten hier haben, und da nichts mehr verändert werden kann, sollten wir die Eltern und ihren Sohn einbestellen und sie zu dem Vorfall befragen.«

»Der Chef hat schon bei den Eltern angerufen, um einen Termin hier bei uns zu vereinbaren, doch das ist zurzeit nicht möglich. Lukas ist im Krankenhaus. Ihm war gestern Abend schwindelig geworden und er ist umgekippt. Die Ärzte haben eine Gehirnerschütterung festgestellt. Lukas ist nun zur Beobachtung noch ein, zwei Tage in der Klinik am Weserufer. Die ist oben bei den Mühlenkreiskliniken in der Südstadt. Neitmann hat uns für morgen dort einen Termin um 10:00 Uhr gemacht. Die Eltern sind dann auch da.«

»Gut, dann lass uns mal die Informationen durchgehen, die wir heute gesammelt haben. Zuerst deine Befragung von Herrn Linke. Und dann die Gespräche mit Lukas' Klassenkameraden. Es ist ganz gut, dass noch niemand etwas von der Strafanzeige wusste. Da sind doch einige interessante Informationen dabei gewesen. Setz dich, Frank! Du machst mich ganz nervös, wenn du die ganze Zeit hin- und hergehst.«

Frank schmunzelte und setzte sich Katja gegenüber.

»Was? Warum grinst du?«

»Und du machst mich ganz nervös, weil du die ganze Zeit mit dem Stift auf die Tischplatte klopfst.«

»Upps, entschuldige. Der Tag heute war so sonderbar, so irreal. Irgendwas hat mich irritiert. Ich komme nur nicht drauf.« Katja nahm den Stift und legte ihn auf ihren Block. Dann ging sie zur Wandtafel und schrieb die Namen der Beteiligten und Zeugen auf. »Also, was haben wir? Gemäß der Strafanzeige: Opfer – Lukas Kraft. Täter – Dr. Dietmar Dreh. Tatort: KGB Sporthalle Nord. Tat – Werfen eines Medizinballes in das Gesicht des Schülers und nachfolgende Beleidigung, nachdem dieser den Ball nicht gefangen hat und gestürzt ist. Lukas ist dann gegangen und seine Eltern haben ihn zum Durchgangsarzt in der Eidinghausener Straße gebracht. Reich mir doch mal die Kopien aus dem Klassenbuch.«

Frank öffnete die Kiste und nahm die oberen Zettel heraus. »Hier, von vorgestern, gestern und heute. Vorgestern war der Vorfall. Lies mal, sehr interessant.«

Katja nahm die Kopien entgegen und schaute sich die Einträge an. »Schau an, ist keinem aufgefallen, dass ein Schüler ab der fünften Stunde fehlte? Lukas steht vorgestern und gestern als anwesend drin. Den ganzen Tag. Soviel zum Thema, Klassenbücher sind Dokumente und die Einträge verbindlich.« Kopfschüttelnd blätterte Katja weiter. »Na, wenigstens heute steht er ab der dritten Stunde als entschuldigt abwesend drin. Was hast du sonst noch von Herrn Linke erfahren?«

»Wie gesagt, er wusste nichts von dem Vorfall. Zu Lukas Kraft konnte er nichts sagen. Er kennt ihn nicht näher, hat ihn selbst nicht als Schüler. Dr. Dreh hat die Klasse in Sport erst seit der Zeit nach den Herbstferien, also erst seit drei Wochen. Als Vertretung für eine Kollegin, die in Mutterschutz gegangen ist. Er hat keine eigene Klasse, was ungewöhnlich ist, da alle Lehrer in Doppelbesetzung für eine Klasse zuständig sind. Doch bei der Fächerkombination von Dr. Dreh wurde bei ihm auf zusätzliche Klassenleiterfunktion verzichtet, weil er als Springer dringender gebraucht wird.« Frank blätterte die Seite um. »Ach ja, dann noch etwas Besonderes. Es gab einen Unfall im Chemieraum, ausgelöst von Dr. Dreh. Seitdem hat er nur noch Chemie-Grundkurse und arbeitet wie erwähnt hauptsächlich als Vertretungslehrer. Lukas Kraft hat er im Chemieunterricht seit Anfang dieses Schuljahres im Sommer. Das war alles, was ich nachgefragt und vom Direktor erfahren habe. Also ähnlich wie bei unserer Befragung von Dr. Dreh.«

»Nur, dass sich ›der Dreher‹ zuerst nicht an den Namen von Lukas erinnern konnte.«

»›Der Dreher‹! Schon witzig, diese Schüler. Der Spitzname ist wirklich passend für den Mann. Er drehte sich auch ziemlich hin und her, als du ihn befragt hast. Erst kann er Lukas nicht erinnern, dann plötzlich doch. Dann hat er nicht gemerkt, dass Lukas verletzt ist, dann plötzlich doch. Ein Hin- und Herlavieren. Als du ihm die Strafanzeige vorgelegt hast, war er sichtlich geschockt. Mit so etwas scheint er nicht gerechnet zu haben. Und als er dann abgewehrt hat, das wäre ein Unfall gewesen, keine Absicht. Also, ich glaube ihm das mit dem Unfall nicht. Schon gar nicht, nachdem wir mit Lukas' Klasse gesprochen haben. Wir müssen unbedingt die beiden Klassenkameraden noch einmal sprechen, die vorhin so rumgedruckst haben und sich vor der Klassenlehrerin nicht getraut haben, auszusprechen, was ihnen auf dem Herzen lag. Was meinst du, sollen wir die beiden für morgen einbestellen? Mit ihren Eltern natürlich. Dann wissen wir auch schon mehr von Lukas und seinen Eltern und ihre Gründe, den Lehrer anzuzeigen. Bei einem Unfall wäre das ja nicht nötig. Wir müssen einfach sehen, was die anderen Gespräche ergeben.«

»Okay, vernünftig. Ich habe heute noch genug Zeit und nehme mir schon einmal die Akten vor.«

*

Die Akte von Dr. Dreh hatte Katja schnell durchgearbeitet. Obwohl er schon so lange am KGB lehrte, war seine Akte erstaunlich dünn. Während der ganzen Zeit hatte er zweimal ein Sabbatjahr eingelegt und eine längere Beurlaubung für seine Doktorarbeit bekommen. Ansonsten keine besonderen Auffälligkeiten, keinen Ärger und auch sonst keine besonderen Vorkommnisse. Eher erstaunlich, dass nach so vielen Schuljahren nie etwas passiert ist. Nie Ärgernisse mit Eltern oder Schülern vorgekommen sind. Nie nur ein Blatt zu Problemen bei der Notengebung, Einsprüche oder Widersprüche gegen Zeugnisse. Wirklich erstaunlich bei der heutigen Klagefreudigkeit vieler Eltern.

Als Nächstes nahm Katja sich die Schülerakte vor. Schuleintritt von Lukas, Klassenverbände in den letzten Jahren. Die Zeugnisse, die Kurswahl in der Differenzierungsstufe. Alles ordentlich abgeheftet. Und dann? Katja stutzte und blätterte wieder zurück. Ein Informationsbrief der Eltern neueren Datums an die Lehrer der Klasse und davor ein ärztliches Attest. Schau an! Lukas hat eine schwer behindernde Sehstörung. Und im Lehrerbrief hatten die Eltern dezidiert die Nachteilsausgleiche aufgeführt, die Lukas genehmigt bekommen hatte. Wie kann das sein, dass weder der Direktor noch Dr. Dreh selbst darauf hingewiesen haben? Katja blätterte nachdenklich weiter, bis zum Ende der Akte. Sie nahm das letzte Blatt hervor und stutzte erneut.

Katja griff nach dem Telefonhörer und wählte Franks Dienstnummer. Und erreichte den Anrufbeantworter. »Frank? Katja hier. Bitte fahr morgen früh als Erstes beim KGB vorbei und hol die Akte vom Schüler Oskar Kater. Morgen erzähle ich dir mehr.«

6

Katja hatte schon die zweite Tasse Ingwertee vor sich und kaute an ihren geliebten weißen Schaumzuckermäusen, als Frank durch die Bürotür trat. Er knallte eine Akte auf den Tisch und setzte sich mit einem lauten Seufzer auf seinen Platz. »Ne, Katja. Schule am Morgen, das geht gar nicht. Wie halten die Lehrer das nur den ganzen Tag aus? Ein Lärm, so direkt vor Unterrichtsbeginn. Du wirst taub, ehrlich. Und ein Gewusel und ein Gedränge. Nein, danke. Das nächste Mal gehst du selbst.«

»Dir auch einen guten Morgen, Frank.« Katja lächelte ihren Kollegen nachsichtig an. »Danke, lieb von dir, dass du die Akte geholt hast.«

»Entschuldige. Guten Morgen, Katja. Ich bin einfach etwas durch den Wind. Meine Schulzeit ist einfach schon zu lange vorbei. Waren wir früher auch so laut und drängelig? Ohne Rücksicht ab durch die Mitte? O Mann, ich will es nicht hoffen. Gestern Nachmittag fand ich es nicht so schlimm. Hast du noch etwas von dem Tee? Ich brauch jetzt was Warmes.«

Frank schälte sich aus seiner Jacke und den Handschuhen und hängte die Sachen an die Garderobe. Als er sich wieder an seinen Schreibtisch setzen wollte, hielt Katja ihm schon seine dampfende Tasse Tee hin. »Hier, du Held. Wärm dich erst einmal auf!«

Sie nahm die neue Schülerakte vom Schreibtisch und blätterte sie langsam durch. Da, danach hatte sie gesucht. Eine Meldung an die Schüler-Unfallkasse von vor zwei Jahren. Sie legte die Kopie aus Lukas' Akte daneben.

»Mir scheint, Frank, wir müssen noch ein paar weitere Besuche machen. Ich habe hier ein paar erstaunliche Unterlagen. Während du deinen Tee trinkst, werde ich mal bei der Unfallkasse anrufen und ein paar Informationen einholen. Mit dem Chef habe ich schon gesprochen. Die Staatsanwältin hat ihr Okay für zusätzliche Ermittlungen gegeben.«

Ein paar Minuten später legte Katja den Hörer auf. »Hier, nimm mal diese beiden Blätter und vergleiche sie. Fällt dir etwas auf?«

Frank nahm ihr die Blätter ab, legte sie vor

sich hin und schaute sich beide abwechselnd an. »Erstaunlich. Welches Blatt ist denn die richtige Unfallmeldung?«

»Ehrlich? Das weiß ich nicht. Die Unfallkasse sagt, dieser hier wäre eingereicht worden.« Katja tippte auf das rechte Blatt. Der mit der Maschine ausgefüllte Vordruck aus der Akte von Oskar Kater. Doch was macht die Unfallmeldung mit den handschriftlichen Eintragungen in der Akte von Lukas Kraft?«

7

Auf dem Weg ins Krankenhaus zum Gespräch mit Lukas, fuhren Katja und Frank in der Schulstraße vorbei. Vor dem Haus von Familie Kater stieg Katja aus und klingelte. Eine müde dreinschauende Frau mittleren Alters öffnete ihr und Frank die Tür. Dunkle Schatten lagen unter ihren Augen und ließen sie noch älter ausschauen, als sie vermutlich war. »Ja?«

»Frau Kater?« Die Frau nickte. »Wir sind von der Polizei Badenhausen, Sonderkommission Sozial. Mein Name ist Sollig, mein Kollege Lieme. Dürfen wir kurz hereinkommen? Wir hätten ein paar Fragen zu einem Vorfall von vor zwei Jahren am KGB.«

Frau Kater wurde blass, zitternd ging sie ein Stück zurück und setzte sich auf einen Sessel auf der Deele.

»Entschuldigen Sie. Ich habe seit ein paar Jahren Muskelzittern, wenn ich zu lange stehe. Die Zeit mit dem KGB war einfach zu viel. Kommen Sie bitte herein und setzen Sie sich.«

Katja und Frank traten in die Deele und

setzten sich auf das kleine Sofa gegenüber Frau Kater.

An der Wand hing eine Ansammlung von Familienfotos. Hübsch in Holzrahmen, mit lachenden Gesichtern und fröhlichen Szenen in Gärten oder in einer Bergidylle. Mittendrin ein bildhübscher Teenager mit dunklen, kurzrasierten Haaren und dunkelbraunen Augen. Oskar?

»Frau Kater. Wir kommen wegen Ihres Sohnes Oskar. Er hatte vor zwei Jahren einen Unfall und es gibt Ungereimtheiten bei der Meldung an die Unfallkasse. Kennen Sie diese Unfallmeldung?« Sie reichte Frau Kater das Blatt aus der Akte von Lukas.

Diese warf einen Blick auf die Kopie und gab sie Katja wieder zurück.

»Sicher, das ist die Meldung, die ich damals in der Schule abgeben habe. Komisch, dass es nie eine Rückmeldung der Kasse gegeben hat. Das hätte ich eigentlich erwartet. Bearbeiten Sie den Fall von damals? Kriegt Dr. Dreh endlich die Konsequenzen seines widerlichen Verhaltens zu spüren?«

Mit Tränen in den Augen blickte Frau Kater

zu Katja auf.

»Können Sie uns genau sagen, was damals passiert ist, Frau Kater? Ist Ihr Sohn Oskar vielleicht auch da, damit wir ihn kurz zu dem Vorfall damals im Chemieunterricht befragen können?«

Frau Kater lachte zynisch auf, trat auf Katja zu und fing an zu weinen: »Mein Sohn, Frau Sollig? Mein Sohn Oskar? Oskar ist tot. Er hat sich vor einem halben Jahr umgebracht. Nein, die Schule hat ihn umgebracht, diese widerliche Schule und ihre Ausgrenzerei.« Frank trat schnell vor und fing die ohnmächtig gewordene Frau auf.

*

Langsam kam Frau Kater wieder zu sich. Katja begleitete sie zu ihrem Sessel. »Soll ich Ihnen etwas zu trinken holen? Etwas Wasser?« Frau Kater nickte. »Frank, ruf bitte die Rettung an und bring ein Glas Wasser aus der Küche mit.«

»Nein, nein. Der Notarzt ist nicht nötig.« Frau Kater hob abwehrend die Hände. »Ich habe auf der Ablage in der Küche meine Medikamente. Ich habe sie vorhin noch nicht genommen. Es wird gleich wieder besser. Nur der Kreislauf. Es war die letzten Jahre einfach alles zu viel.«

Katja setzte sich ihr gegenüber und reichte ihr die Tablette und das Glas Wasser, das Frank ihr gab.

»Sollen wir jemanden für Sie anrufen? Damit Sie nicht allein sind?«

»Nein, schon in Ordnung. Viktor, mein Mann, kommt gleich wieder. Er holt nur Brötchen vom Bäcker gegenüber.«

»Wollen Sie uns erzählen, was passiert ist? Oder sollen wir an einem anderen Tag wiederkommen? Wir ermitteln gerade in einem Fall, in dem ein Hinweis auf Oskar gegeben wurde, und suchen jetzt nach der Verbindung.«

»Kein Problem, fragen Sie ruhig. Es geht mir schon wieder besser. Mein Blutdruck ist immer so niedrig, doch die Medikamente wirken schon.«

»Frau Kater«, Katja sprach die ältere Frau ruhig an. »Was ist damals passiert, worauf bezieht sich Ihr Unfallbericht?«

Frau Kater räusperte sich vernehmlich. »Ich

habe Oskar damals zur Schule gefahren. Er musste allein in den Unterricht, weil die Schulbegleitung gewechselt hat und der neue Betreuer noch nicht angefangen hatte.«

Katja schaute sie aufmunternd an.

»Also, wie gesagt, ich hatte Oskar zur Schule gebracht. Er ist allein zum Chemieraum hochgegangen und ich bin wieder zurück nach Hause gefahren. Oskar war schon etwas spät dran und die Klassenkameraden waren schon alle im Raum. Er ist direkt zu seinem Stammplatz, doch da saß schon einer der Jungs, die ihn gern mal geärgert haben. Und der wollte nicht gehen. Dr. Dreh …«, Frau Kater sprach den Namen angewidert und voller Verachtung aus.

»Dr. Dreh hat die Aufregung genervt und verlangte von Oskar, sich woanders hinzusetzen. Doch Oskar hat auf seinen Platz beharrt. Und da ist Dr. Dreh wütend geworden. Statt den anderen Jungen vom Platz zu verscheuchen und somit dem Ganzen ein Ende zu machen, hat er Oskar aus dem Raum gewiesen. Doch Oskar wollte nicht. Oskar wollte lernen. Das hat Dr. Dreh dermaßen verärgert, dass er

Oskar aus dem Raum zerren wollte. Er hat ihn brutal am Arm gefasst und dabei ist Oskar gestürzt. Er hatte ja noch immer seine Jacke an und den Tornister auf. Statt ihn aufstehen zu lassen, hat Dr. Dreh ihm sein Knie fest auf die Brust gedrückt, um ihn am Aufstehen zu hindern. Ja, dann hat er ihn aus dem Raum gezerrt und die Tür hinter ihm zugeknallt. Oskar konnte nicht mehr rein. Er wusste sich nicht zu helfen.«

»Woher kennen Sie den genauen Ablauf der Vorkommnisse?«

»Das Ganze ist ja vor den Klassenkameraden passiert. Die haben das später bestätigt. Sie wollten Oskar ja helfen, doch Dr. Dreh war ganz rabiat in seinem Vorgehen. Hat die Klasse angeschrien, sie solle sich raushalten.« Frau Kater musste tief Luft holen. Sie presste die Handballen fest aufeinander, um das leichte Zittern zu unterdrücken.

»Und weiter? Was passierte dann?«

»Ja, dann hat Oskar mich angerufen, ich bin wieder zurückgefahren, habe alles im Sekretariat geklärt und wir sind wieder heim.«

»Was ich noch nicht verstehe«, sagte Katja.

»Warum hat Ihr Sohn auf diesem Sitzplatz bestanden? Gab es denn keine anderen freien Plätze?«

»Er hat darauf bestanden, weil er es so kannte. Es war sein gutes Recht, diesen Platz einzufordern. Das war schriftlich fixiert, doch anscheinend wusste Dr. Dreh davon nichts, oder wollte nichts wissen oder was auch immer.« Frau Kater wischte sich erneut die Tränen aus den Augen.

Frank mischte sich ein. »Sie sprachen vorhin schon von einem fehlenden Betreuer und jetzt von dem ihm zustehenden Sitzplatz. Oskar hatte einen Schulbegleiter? Wofür?«, fragte Frank irritiert nach.

»Die Schule hatte darauf bestanden, sonst hätten sie ihn nicht beschult, und auch für Oskar war es wichtig. Er hatte sich leicht ablenken lassen von dem ganzen Lärm in der Klasse und dem ganzen Durcheinander, den ein Schultag so mit sich bringt. Die Begleitung hatte ihn bei der Organisation des Alltags unterstützt. Und sie diente als Schutz vor Überforderung. Nicht nur von Oskar, sondern auch der Lehrer. Die Lehrer, die waren alle informiert, worauf bei Oskar zu achten sei, doch manch einen hat es nicht interessiert.«

»Aber Schulbegleiter? Das kenne ich als Nachteilsausgleich bei behinderten Schülern - um die Chancengleichheit gegenüber Mitschülern ohne Einschränkungen zu gewährleisten. Welche Diagnose hatte Oskar?«

»Oskar ist Autist.« Sie schluchzte leise auf. »Oskar war Autist. Und wissen Sie was? Es gibt Lehrer am KGB, die haben gesagt, so ein behinderter Schüler habe auf dem Gymnasium nichts zu suchen. Der solle gefälligst auf die Sonderschule gehen. Es war so verletzend, so ungemein abweisend.«

»Und Dr. Dreh?«, wollte Katja wissen.

»Dr. Dreh? Der war einer der Schlimmsten. Der hat nicht nur so geredet, der wurde auch gern mal übergriffig. So wie an dem Tag, um den es im Unfallbericht geht.«

»Haben Sie diesen Bericht schon einmal gesehen? Ihre Unterschrift steht darunter.« Katja reichte Frau Kater das Schriftstück.

Die nahm das Blatt entgegen, las sich alles durch und schaute sich die Seite sorgfältig an. »Nein, das ist zwar meine Unterschrift. Aber diese Anzeige kenne ich nicht. Und sie entspricht auch nicht der Wahrheit.«

Wütend klopfte sie mit der Faust auf den Tisch.

Frank hatte sich wieder neben Katja auf das Sofa gesetzt und notierte eifrig in sein Notizbuch. »Frau Kater, hier auf dem anderen Bericht steht, der Lehrer sei gestolpert.«

»Oskar und ich haben damals lange überlegt, was wir in den Bericht schreiben. Oskar wollte nicht lügen und das eintragen, was der Direktor verlangt hat. In der Anzeige, die Sie da in der Hand haben, da steht etwas drin, was gelogen ist. So ähnlich hat der Direktor das damals von uns verlangt, doch wir wollten nicht. … Wer hat bloß meine Unterschrift gefälscht? Ich verstehe das nicht.«

Frau Kater kramte ein Taschentuch aus der Tasche ihrer Freizeithose und tupfte sich die Tränen ab. Ein unsinniges Unterfangen, denn ihre rotgeränderten Augen tränten weiter und zeigten ihre große Traurigkeit.

»Ihre Unfallanzeige?«, fragte Frank nach. »Wie kam es dazu?«

»Wir mussten ins Krankenhaus, weil Oskar

so Schmerzen beim Atmen hatte. Und da haben sie dann die Prellmarken festgestellt. Also blaue Flecken und leichte Schwellungen auf dem Brustkorb. Krankenhausbehandlung sollte ja eigentlich die Krankenkasse bezahlen, doch in dem Fall war die Schülerunfallkasse dran. So die behandelnden Ärzte. Die wollen ja auch ihre Rechnung bezahlt bekommen.«

Sie rang nach Luft und sprach dann weiter: »Na, und dann habe ich die Anzeige ausgefüllt und sie zusammen mit dem Arztbericht in der Schule abgegeben. Es fehlte noch die Unterschrift vom Schulleiter und der Stempel der Schule.« Frau Kater griff nach dem anderen Blatt. »Doch, wenn ich das hier sehe, dann hat ja wohl jemand die Anzeige gefälscht. So eine Schweinerei. Da ärgere ich mich im Nachhinein, dass wir Dr. Dreh damals nicht angezeigt haben.« Wütend klatschte sie den Zettel zurück auf den Tisch.

»Und? Warum haben Sie nicht?«

Frau Kater atmete tief ein und seufzte laut auf.

»Aus Sorge. Aus Sorge, dass man Oskar dann loswerden will. Dass es für ihn noch schwieriger am KGB wird. Ach, hätten wir bloß! Dabei konnte es gar nicht mehr schwieriger werden. Monat für Monat wurde es schlimmer. Bis sie Oskar einfach klammheimlich zwangsausgeschult haben.« Wieder und wieder liefen Frau Kater die Tränen über das Gesicht.

Im Hintergrund öffnete sich die Haustür und Viktor Kater trat ein. Mit einem Seitenblick auf die beiden Beamten und einem Blick auf seine Frau machte er einige große Schritte auf sie zu und nahm sie beschützend in den Arm. »Juliane?«, flüsterte er. Die Brötchentüte baumelte an der Seite herunter.

»Frau Kater, Herr Kater?«, sprach Katja die beiden Eheleute an. »Wir sind soweit mit unseren Fragen durch. Sobald wir weitere Erkenntnisse haben, werden wir noch einmal auf Sie zurückkommen.«

8

Auf dem Weg zu den Mühlenkreiskliniken bog Katja von der Schulstraße auf den Parkplatz des Edeka-Marktes ab. »Frank? Möchtest du auch einen Kaffee und ein Croissant? Der Bäcker hier hat ganz köstliche Sachen zum Mitnehmen. Wir haben noch genug Zeit bis zum Termin mit Lukas und seinen Eltern. Ich brauche jetzt eine Pause. Die Informationen von vorhin muss ich erst mal sacken lassen.«

»Einen großen Milchkaffee und ein Laugenbrezel, bitte.«

»Hier, schau dir mal meine Notizen zu den Akten durch. Mir sind so einige irritierende Dinge aufgefallen, die wir nachprüfen müssen. Und heute Nachmittag können wir die beiden Jungs genauer zu den Unstimmigkeiten befragen.«

Sie gab Frank ihre Mappe, nahm sich ihr Portemonnaie und ging zum Café im Edeka-Markt.

Frank rutschte ein wenig Hin und Her, steckte die Beine aus, bewegte die kalten Zehen und machte es sich auf dem Beifahrersitz bequem. Interessiert begann er, die Unterlagen von Katja durchzublättern. Doch immer wieder schweiften seine Gedanken ab. Er nahm den Kopf hoch und seine Augen blickten ziellos in die Ferne.

Nachteilsausgleiche für Schüler mit Behinderungen? Eine gute Sache. Wenn sie denn auch umgesetzt würden. Wenn alle mitmachen würden. Das schien bei Oskar und Lukas nicht der Fall gewesen zu sein. Dr. Dreh hatte eindeutig nicht mitgemacht. Der hatte die Vorgaben geflissentlich ignoriert. Ob er wohl der Meinung war, Hilfsmittel und Begleiter wären eine besondere Bevorzugung? Ob ihm wohl klar war, dass ein behinderter Schüler ohne diese Hilfen nicht die gleichen Chancen wie seine Mitschüler hat?

Frank fiel wieder diese witzige Karikatur ein, die er vor einiger Zeit während einer Fortbildung gesehen hatte. Sieben Tiere sitzen vor einem Prüfer: ein Vogel, ein Schimpanse, ein Elefant, ein Fisch in einem Glas, ein kleiner Hund … Und der Prüfer fordert: »Im Sinne einer gerechten Auslese lautet die Prüfungsaufgabe für Sie alle gleich – Klettern Sie auf den Baum.« Keine Frage, wer die Aufgabe problemlos löst. Gerechtigkeit ist wahrlich etwas anderes. Wenn alle die gleichen Ausgangsbedingungen haben, die Aufgaben angepasst, Schreibzeiten verlängert oder andere Hilfen gewährt werden: das ist Fairness, nur so kann Inklusion gelingen. Der Prüfling bekommt eine gleichwertige Aufgabe oder er bekommt Hilfen, zum Beispiel ein Trampolin. Ja, das wäre es doch. Die Trampolinindustrie würde sich freuen. Frank kicherte in sich hinein.

Nicht einmal fünf Minten waren vergangen, da sah Frank Katja aus dem Markt kommen, die Kaffeebecher und die Gebäcktüte auf einem Papptablett balancierend.

Frank öffnete die Fahrertür von innen und nahm ihr das Tablett ab. »Duftet aufmunternd. Wie viel bekommst du von mir?«

»Schon okay, kleine Wiedergutmachung für heute Morgen, weil ich dich zur Schule gescheucht habe.« Katja machte es sich auf ihrem Sitz bequem und biss herzhaft in ihr Croissant. »Echt köstlich. Das habe ich jetzt gebraucht.«

Sie nahm den letzten Schluck von ihrem Kaffee und packte den leeren Becher und das Tablett auf die Rückbank. Auch Frank hatte ganz entspannt aufgegessen und ausgetrunken und gab Katja die Reste zum Weglegen.

»Ich bin mit dem Lesen deiner Notizen noch nicht so weit gekommen. Du hast etwas zu der Akte von Dr. Dreh geschrieben. Keine Auffälligkeiten. Oder besser, auffällig, weil es eben nichts Auffälliges in all den Jahren gab. Und bei Lukas die Hinweise auf die Lehrerbriefe mit den Vorgaben und den Nachteilsausgleichen, die die Lehrer zu beachten haben. Ach ja, und die beiden verschiedenen Unfallmeldungen von Oskar. Habe ich noch etwas vergessen?«

»Nein, gut wiedergegeben. Note 1.« Katja schmunzelte Frank zu und piekste mit dem Zeigefinger leicht auf seinen Oberarm. »Schüler Lieme, bitte setzen!« Doch Katja wurde schnell wieder ernst und drehte sich erneut Frank zu. »Wir müssen herausfinden, warum es diese beiden Meldungen gibt und wer die Unterschrift von Frau Kater gefälscht hat. Und warum. Doch lass uns jetzt ganz auf Lukas und seine Eltern konzentrieren. Solange wir nicht wissen, wo die Verbindung liegt, sollten wir beide Fälle getrennt behandeln. Auch, wenn es bei beiden Vorfällen um Dr. Dreh als Auslöser der Verletzungen geht.«

Katja startete den Wagen und fuhr langsam vom Supermarktparkplatz herunter Richtung Mühlenkreiskliniken. Nur einen Kilometer entfernt bog sie in die Parkbucht vor der Kinderklinik am Weserufer ein.

Zur gleichen Zeit fuhr ein knackig blauer Z3 auf den Supermarktparkplatz. Anne Schröder und Paul Janus stiegen aus und gingen auf den Edeka-Markt zu. Er öffnete ihr die Tür, beide gingen zum kleinen Café und setzten sich gegenüber an einen der freien Tische. Paul nahm Annes rechte Hand und seine Augen begannen zu leuchten.

9

Am späten Nachmittag saßen Katja, Frank und ihr Chef mit der Staatsanwältin Magdalena Stein zusammen, um die Ergebnisse des Tages zu besprechen und über das weitere Vorgehen zu beraten.

»Magda, wir müssen den Dreh unbedingt einbestellen. Mittlerweile sind zu viele Dinge aufgetaucht, zu denen er Stellung nehmen muss. Wir haben jetzt schon drei Vorfälle mit Schülern, bei denen Dr. Dreh ausfällig geworden sein soll. Allein die Eltern von Lukas waren die ersten, die Anzeige erstattet haben. Die Eltern von Oskar hatten gehofft, über die Unfallmeldung Dr. Dreh beizukommen. Das müssen wir noch genauer untersuchen, der Fall hat eine eigene Brisanz.« Bernd Neitmann reichte der Staatsanwältin die Akte zum Fall Lukas Kraft, hielt die Akte zu Oskar Kater noch in der Hand.

Magdalena Stein schlug die langen Beine übereinander, nahm die Akte entgegen und schlug sie auf.

»Gut, wie ich sehe, habt Ihr die Befragungen im Fall Kraft schon durchgeführt. Ich werde mir das mitnehmen und dann entscheiden, wie wir vorgehen können. Eine Anklage wegen Misshandlung von Schutzbefohlenen nach Paragraph 225 Strafgesetzbuch als Straftat gegen die körperliche Unversehrtheit muss von allen Seiten abgesichert sein. Wir brauchen da eine wasserdichte Beweiskette. Da sehe ich momentan noch Probleme. Doch der Fall Kater lässt mich aufhorchen. Was konnten Sie bisher erfahren, Frau Sollig?«

Bernd Neitmann reichte Frau Stein die zweite Akte und Katja setzte zur Zusammenfassung der Ereignisse des Tages an.

»Was wir bisher wissen ist, dass Oskar Kater von Dr. Dreh aus dem Chemieraum gezerrt wurde, weil er sich einer Anweisung widersetzt hat. Die Ärzte haben bei Oskar Prellmarken am Brustkorb festgestellt, die durch den von Frau Kater geschilderten Vorfall erklärbar sind. Die Eheleute Kater haben die Unfallmeldung ausgefüllt und in der Schule abgegeben, doch die Meldung ist nie bei der Schülerunfallkasse angekommen. Dort wurde eine Meldung abgeheftet, in der stand, dass Dr. Dreh über den Schüler Oskar Kater gestolpert sei. Prellmarken, also Blutergüsse, hätte es nicht gegeben. Der Arztbericht stünde in keinem Zusammenhang mit dem Stolpern von Dr. Dreh.«

Frau Stein blätterte weiter. »Hier sind also zwei Unfallmeldungen. Eine in der Akte von Oskar Kater, eine über Oskar in der Schulakte von Lukas Kraft. Wissen Sie schon Genaueres darüber, wie diese zweite Meldung in die Akte von Lukas gekommen ist?

Katja nahm sich ihre Notizen. »Nein, die Blätter aus den Akten sind derzeit im Labor. Die vergleichen die Unterschriften. Sie haben von Frau Kater auch schon eine weitere Muster-Unterschrift zum Vergleich angefordert.« Sie klappte die Kladde zu. »Und jetzt zu dem unangenehmen Teil der Befragung der Eheleute Kater von heute Morgen. Der Selbstmord von Oskar.«

Frau Stein schaute missbilligend in Katjas und Franks Richtung. »Wieso waren Sie darüber nicht informiert und konfrontieren die Eltern so völlig ahnungslos mit dem Tod ihres Jungen?«

»Das stimmt«, Katja schluckte. »Das war nicht sehr professionell. Ich hatte vorher keine weiteren Erkundigungen eingezogen. Das war ein schlimmer Fehler. Dafür gibt es auch keine Entschuldigung. Auch, wenn ich alles erwartet hatte, aber nicht den Tod eines so jungen Schülers.« Katja schüttelte den Kopf.

»Wir haben jetzt weiter recherchiert. Die Eltern wollten wir nicht weiter dazu befragen. Oskar hatte eine kleine Hütte im Garten, in der er Experimente machte und sich auch zurückzog, wenn er Ruhe brauchte. Dort hat er giftige Dämpfe eingeatmet, ist bewusstlos geworden und letztendlich erstickt. Sein Vater hat ihn am Abend gefunden, als er ihn zum Essen rufen wollte. Die Untersuchung der Kollegen hat eindeutig auf Selbstmord hingewiesen, die Akten waren geschlossen. Dr. Nathan von der Pathologie in Minden hatte Oskar routinemäßig obduziert und den Leichnam freigegeben. Der Fall hat kein Aufsehen erregt, deshalb war er Frank und mir auch nicht präsent. Trotzdem hätten wir vor dem Besuch der Eltern die Namen durch den Computer laufen lassen müssen.« Katja räusperte sich erneut.

Die Staatsanwältin stand auf und gab Katja die Akte Kater zurück. »Machen Sie noch einen Termin mit den Eheleuten Kater und finden Sie heraus, was damals nach dem Rauswurf aus dem Chemieraum passiert ist. Und ob der Selbstmord Oskars in irgendeiner Verbindung zu den Geschehnissen steht. In seiner Schulakte steht, dass er vor über einem Jahr nicht mehr zur Schule gegangen ist. Wo wurde er beschult? Was war mit der Einhaltung der Schulpflicht? Wenn es nötig ist, solltest du, Bernd, einen Termin mit dem zuständigen Schulrat machen. Ich gebe euch Bescheid, wenn ich wegen Lukas Kraft entschieden habe. Ach, und für meine Entscheidung brauche ich noch die Befragung von Dr. Dreh zu den Vorwürfen der Anzeige, die wir ihm zur Last legen. Einen schönen Abend noch.« Und damit rauschte Frau Stein aus dem Besprechungsraum zum nächsten Termin.

10

Katja und Frank saßen erneut bei den Eheleuten Kater in der Schulstraße. Katja griff zu den Keksen, die vor ihr auf einem Teller lagen.

»Danke, Frau Kater, Orangenplätzchen, meine Lieblingskekse. Kennen Sie meine geheimsten Wünsche?« Sie verzog das Gesicht zu einem strahlenden Lächeln und der Versuch, Frau Kater aufzuheitern, gelang. Sie strahlte zurück.

»Das sind auch meine Lieblingskekse, Frau Sollig. Es gibt sie nur noch so selten in den Geschäften. Mittlerweile nur noch über das Internet. Oder in Hannover beim Hersteller. Eine Freundin von mir wohnt in der Nähe der Keksfabrik und bringt mir immer einige Packungen mit, wenn sie mich besucht.« Frau Kater schnappte sich auch noch einen Keks und biss ebenfalls genüsslich hinein.

»Wir haben noch Fragen zu den Geschehnissen von damals, als Oskar von Dr. Dreh rausgeworfen wurde«, sagte Frank in Richtung von Viktor Kater. »Wo haben Sie den

Vorfall gemeldet? Wir konnten bisher außer der Unfallanzeige – oder besser den beiden Anzeigen – keine weiteren Meldungen finden.«

Viktor Kater guckte zu seiner Frau. »Das solltest lieber du sagen, Juliane. Du hast damals mit dem Schulrat telefoniert.«

Frau Kater nickte zustimmend. »Richtig, ich habe Herrn Maron angerufen, um ihm von dem Übergriff zu berichten. Doch er hat mich gar nicht ernst genommen. Er hat mir einfach den Mund verboten. Ich solle still sein und nicht so einen Unsinn verbreiten. Und als Oskar dann häufiger im Unterricht fehlte, weil es ihm gesundheitlich nicht so gut ging, da hat er auch keine Hilfe angeboten. Dann habe ich mich an das Schulministerium gewendet. Die haben interveniert und plötzlich gab es Unterstützung vom Schulrat. Er hat einen Runden Tisch, also so ein Treffen der Lehrer, Therapeuten und des Integrationsdienstes, einberufen und der Schule Vorgaben gemacht, wie Oskar zu helfen wäre.« Sie rieb sich ihre Hände an ihrer Hose und sprach weiter: »Doch leider hat mein Ansprechpartner im Schulministerium nach dem Wechsel der Landesregierung gekündigt. Und dann klappte es auch mit dem Schulrat nicht mehr. Es ging immer weiter bergab. Es gab kein Verständnis für Oskars Autismus und auch keine Besprechungen der Lehrer mehr, um sich mit der Schulbegleitung abzusprechen. Oskar blieb dann zu Hause, weil die Schule sich nicht mehr in der Lage sah, ihn zu beschulen, wenn er so oft fehlte.« Tränen schossen ihr in die Augen.

»Das hat Oskar nicht verkraftet, dieses zu Hause versauern. Ihm haben seine Klassenkameraden gefehlt«, fuhr Herr Kater fort. »Er hatte sich so auf die Stufenfahrt nach Köln gefreut. Seine Schulbegleitung und er hatten schon genau geplant, was sie da alles gemeinsam machen wollten. Doch die Finanzierung der Schulbegleitung wurde einfach vom Jugendamt gestrichen und während des Klageverfahrens konnte Oskar nicht zur Schule. Es war eine schreckliche Zeit. Zu sehen, wie Oskar litt, wie er sich in seinem Zimmer einigelte. Schlimm, ganz schlimm. Er fühlte sich so unverstanden. Wurde immer einsamer und ging außer zu Arztterminen nicht mehr vom

Grundstück. Er hat ja nicht freiwillig die Schule verlassen, das war ja ein schleichender, absichtlicher Rausschmiss. Die wollten ihn einfach loswerden. Doch anstatt das ehrlich zuzugeben, ist das auf diese fiese Tour passiert. Einfach die tolle Schulbegleitung kürzen. Das war schon echt mies.« Aufgeregt griff er nach der Hand seiner Frau und streichelte ihr über den Unterarm.

*

Zurück in der Dienststelle streckte Katja sich ausgiebig, rollte ihre Schultern, drehte den Kopf hin und her und schüttelte die Arme aus. Aufseufzend setzte sie sich auf ihren Platz. »Meine Güte, ich bin sowas von verspannt. Langsam wird es besser. Immer dieses Sitzen ist wirklich unangenehm.«

Auch Frank massierte sich seine Schultern und seufzte laut. »Kommst du heute Abend wieder mit mir zum Laufen? Ich brauche etwas Bewegung.«

»Tut mir leid, Jakob kommt heute zu Besuch. Wir wollen mal wieder unseren Spaghetti-Abend genießen.«

»Ah, der Sohnemann. Wie läuft es denn mit

dem Studium? Maschinenbau in Lemgo, nicht wahr?«

»Stimmt. Scheint gut zu klappen, er ist bald fertig und will sich dann an seine Doktorarbeit machen. Ich werde mich später wohl noch auf mein Trainingsgerät quälen und mich da ein wenig fit strampeln.

So, lass uns doch mal die bisherigen Ergebnisse vergleichen. Was wissen wir noch Neues über Lukas?«

Katja nahm sich einen Stift und fügte die neuen Informationen auf der Tafel hinzu.

»Also, da haben wir Lukas, der weinend aus der Sporthalle gerannt ist. Er hat bei der Befragung im Krankenhaus erzählt, dass er auf dem Weg nach draußen den Hausmeister getroffen hat.« Katja schrieb ›Paul Janus‹ zu den anderen Namen dazu. »Der hat ihn mit zum Hausmeisterbüro genommen und ihn von dort seine Mutter anrufen lassen. Sie hat Lukas dann aus dem Hausmeisterbüro abgeholt. Ein Klassenkamerad, Metin Aslan, hat Lukas' Schulsachen und seine Straßenkleidung hinterhergebracht. Soviel zu Lukas. Wie steckt Paul Janus in dieser ganzen Geschichte um Dr.

Dreh?« Sie unterstrich den Namen des Hausmeisters.

»Wohl eher, wie steckt er in diesen ganzen Vorfällen mit drin. Wie lange ist er schon Hausmeister am KGB? 15 Jahre?« Frank blätterte in seinen Aufzeichnungen und nickte. »Richtig, 15 Jahre. Die Eltern von Lukas, die sind verwandt mit ihm, also die Mutter ist eine entfernte Cousine. Kein Wunder, dass Lukas mit ihm mitgegangen ist.«

»Lies doch mal deine Notizen vor, was bei der Befragung von Lukas und seinen Eltern noch Interessantes gesagt wurde.«

Frank blätterte weiter, tippte mit dem Finger auf die Seiten, runzelte die Stirn.

»Frank? Was ist?« Katja schnippte mit den Fingern und klopfte vor ihm auf den Tisch.

»Erinnere dich doch mal an das, was Lukas' Vater über Oskar gesagt hat. Die ganze Schule soll Bescheid gewusst haben, dass Dr. Dreh Oskar gerne mal gepiesackt hat. Und nicht nur Oskar oder Lukas, sondern auch ein Kind, das gestottert hat. Es hat sich aber nie einer getraut, Dr. Dreh anzuzeigen. Alle haben still erduldet. Lukas' Eltern wollten das nicht mehr hinnehmen. Vielleicht wussten sie auch von Paul Janus noch mehr, doch das kann ich nur vermuten. Erstaunlich ist nur, dass die Schulleitung von nichts gewusst haben will.«

Katja nahm ihren Stift und schrieb ›Linke‹ und ›Maron‹ zu den anderen Namen dazu. »Was hast du zu den Schul-Leitlinien aufgeschrieben?«

»Stimmt, Katja. Das dürfen wir nicht vergessen. Das KGB ist eine Inklusionsschule mit Vorbildfunktion. Seit zwei Jahren haben sie eine Auszeichnung des Schulministeriums. Vor dem Eingang hängt eine spezielle Plakette.«

»Da hätten die das mit Oskar sicher nicht gebrauchen können. War das mit der Bewerbung als ›Vorbildliche Inklusionsschule‹ nicht zur gleichen Zeit, als Oskar ausgeschult wurde?«

»Gib mir mal den Laptop. Ich schaue mal gerade auf der Seite des Schulministeriums nach, die haben da eine Tabelle, soweit ich mich erinnern kann.« Frank tippte ein paar Buchstabenfolgen ein. »Ja! Hier steht es. Die Bewerbung lief ein Jahr. Beginn schon bevor das mit Oskars Verletzung war, die feierliche Überreichung der Plakette zwei Monate nach seinem Schulausschluss.«

Katja notierte ›Inklusionsschule‹.

»Wir müssen unbedingt mit Herrn Linke sprechen. Wegen Oskar. Da ist irgendetwas faul. Mach du bitte einen Termin, ich rufe derweil Frau Kater an und befrage sie nochmal wegen der Unfallanzeige.«

11

Dr. Dreh rutschte nervös auf seinem Stuhl herum, während er auf das Ermittlerteam wartete. Nun saß er hier schon fünf Minuten und noch immer war keiner da. Als ob er ewig Zeit hätte. Sein Unterricht wartete auf ihn. Sigmar war schon verärgert genug, dass er hierhin zitiert worden war. Die hatten Sigmar nicht gefragt, sondern gleich im Sekretariat den Termin hinterlassen. Was die sich wohl einbilden? Gut, dass Sigmar nicht sauer auf ihn war. Er hatte ja nichts gemacht, was man ihm vorwerfen konnte. Meine Güte, dieser Tollpatsch. Zu blöd, einen Medizinball zu fangen. Selber schuld, wenn er sich verletzt. Dieser ganze Aufwand wegen so einem dummen Schüler. Und ihn dann auch noch anzeigen. Die spinnen, die Eltern heutzutage. Wenn ihre kleinen Lieblinge einen Kratzer abkriegen, rennen sie gleich los und machen einen Aufstand. Eine Anzeige! Sogar Sigmar hat gesagt, die kommen damit nicht durch.

*

»Dr. Dreh, guten Tag.« Katja kam durch die Tür des Vernehmungsraumes, gefolgt von Frank. »Wir haben noch ein paar ungeklärte Fragen an Sie. Würden Sie bitte hier vorne Platz nehmen?« Katja zeigte auf den einzelnen Platz auf der anderen Seite des Tisches. »So, dann lassen Sie uns anfangen. Frank, läuft das Aufnahmegerät? Okay.« Sie nickte Frank zu und begann mit der Befragung. »Anzeige der Eheleute Claudia und Karsten Kraft gegen Dr. Dietmar Dreh, Lehrer am Kamp-Gymnasium Badenhausen wegen eines tätlichen Übergriffes gegen den Schüler Lukas Kraft. Befragung von Dr. Dietmar Dreh zu den Vorkommnissen. Herr Dreh, bitte schildern Sie, was am Montag in der Sportstunde geschehen ist.«

»Da ist doch nichts geschehen. Wir haben am Ende der Stunde alles weggeräumt. Der Junge sollte den Medizinball wegbringen. Ich habe ihm den Ball zugeworfen. Er hat ihn nicht gefangen, ist umgekippt und dann einfach abgehauen. Seit dem Tag habe ich ihn nicht mehr gesehen und nichts von ihm gehört. Erst als Sie in die Schule gekommen sind und mir von der Anzeige erzählt haben. So ein

Aufstand wegen nichts.« Leise murmelte Dr. Dreh diesen letzten Satz vor sich hin.

Katja nahm ein Foto aus den Unterlagen und hielt es Dr. Dreh hin. »Schauen Sie mal hier. Sieht das nach einem unnötigen Aufstand aus?«

Das Foto zeigte Lukas mit einer zugepflasterten Nase, geschwollenen Wangenknochen und blauen Flecken über das ganze Gesicht. Seine Augen blickten trübe durch die geflickte Brille in die Kamera.

»Da hab' ich nichts mit zu tun. Der hat einfach nicht gefangen oder ist wenigstens ausgewichen. Ist doch ein Kinderspiel.« Seine Stimme überschlug sich, so viel Wut hörte man aus ihr heraus.

Frank blickte zu Katja, die stumm nickte, und nahm einige Blätter in die Hand, um sie vor Dr. Dreh hinzulegen. »Kennen Sie diesen Brief der Eltern, Herr Dreh?«

Dietmar Dreh nahm die drei Seiten in die Hand, guckte flüchtig drauf und gab sie Katja zurück. »Nein, nie gesehen.«

»Also, hier steht: ›Sehr geehrte Lehrerinnen, sehr geehrte Lehrer ‹«, las Katja laut vor. »›Sie kennen sicher schon unseren jährlichen Lehrerbrief, in dem wir Sie über unseren Sohn Lukas Kraft und seine Besonderheiten informieren.‹ Und weiter: ›Lukas hat eine schwerwiegende Sehbehinderung, die allein durch seine Brille nicht ausgeglichen werden kann. Somit ist es ihm erlaubt, vorne beim Lehrer zu sitzen, seine Aufgaben an einem Tablet zu erledigen und die Tafelbilder darauf abzuspeichern. Bitte beachten Sie, dass Lukas Sie nicht genau sehen kann und es deshalb wichtig ist, dass Sie ihn direkt ansprechen, um seine Aufmerksamkeit zu bekommen. Weiterhin stehen ihm folgende Nachteilsausgleiche zu …‹ Und so weiter … Und, Dr. Dreh? Können Sie sich an diese Ausführungen erinnern?«

Dr. Dreh zuckte mit den Schultern. »Nie gehört. Woher auch?«

»Tja, laut Frau Kraft hat Sie diesen Brief wie jedes Jahr allen Lehren zur Verfügung gestellt.«

Dr. Dreh schüttelte energisch den Kopf. »Nein und nochmals nein, ich kenne diesen Brief nicht. Ich habe ihn nicht bekommen.«

Katja blätterte durch die Akte und zog ein

weiteres Blatt hervor. »Hier. Frau Kraft hat die Liste aufbewahrt. Sehen Sie? Da steht Empfangsbestätigung der eMail und Ihre eMail-Adresse, das Datum und die Zeit. Sie haben den Brief also bekommen.«

»Bekommen, bekommen. Wer liest denn jeden Kram, den er per eMail kriegt? Das hab ich sicher sofort gelöscht.«

»Und die Klassenakte im Lehrerzimmer? Haben Sie da mal reingeguckt? Da ist der jährliche Lehrerbrief von Familie Kraft ebenfalls abgelegt.« Katja wurde langsam ungeduldig.

»Kann ich nicht sagen. Ich habe so viele Schüler, das kann ich mir nicht alles merken.« Dr. Dreh rieb sich die schwitzigen Hände an seiner Hose ab und schaute angestrengt an Katja vorbei zu ihrem Kollegen hin. Doch Frank machte keine Anstalten, irgendwie Mitleid zu zeigen. Dr. Dreh richtete den Blick wieder nach unten auf den Tisch.

»Dr. Dreh, Sie sagen damit, dass Ihnen die Besonderheiten Ihres Schülers Lukas Kraft nicht bekannt waren?«

»Gut, wenn Sie das so sagen wollen.« Dr. Dreh guckte wieder auf. »Mir ist es völlig neu, dass der Junge ein Blindfisch ist.« Leicht verächtlich blitzte er Katja an: »Was hat der denn hier auf der Schule zu suchen? Sie sehen doch, dass der Junge hier nicht richtig ist.«

»Gut, Dr. Dreh. Dann zu Maik Schumann und Metin Aslan.« Katja wandte sich an Frank. »Frank, reich mir doch bitte mal die Besprechungsakte.«

Sie nahm die Unterlagen entgegen und klappte den Aktendeckel auf. »So, Dr. Dreh. Wir haben hier die Aussagen zweier Jungen aus der Klasse von Lukas Kraft. Die beiden haben berichtet, dass Sie sich einen Spaß gemacht hätten, Lukas zu ärgern. Sie hätten ihm nicht erlaubt, seine Tafelbilder zu fotografieren oder Sie hatten ihm verboten, sein Tablet zu nutzen. Das kann man sich denken, wenn Sie sich nie über Ihren Schüler informiert haben. Doch eine folgenschwere Aussage der beiden Klassenkameraden war eine andere Form des Mobbings. Was ist mit »Hau den Lukas!« Haben Sie schon davon gehört?«

Dr. Dreh starrte genervt in die Luft. Er konnte sich kaum noch beherrschen.

»Meine Güte, diese ganzen Schülerspielereien. Das gehört doch dazu. Das ist doch das Alter. Das wächst sich aus. Was machen Sie jetzt so einen Umstand davon?

»Was ist denn da vorgefallen?«

»Ach, so ein bisschen jugendliche Schubserei, doch nichts Schlimmes.«

»Warum haben Sie nicht eingegriffen?«

»Eingreifen? Warum das denn? Jungs sind nun mal so drauf. Die müssen sich mal austesten dürfen, ihren Platz finden.«

»Austesten, Herr Dreh?« Frank mischte sich ein und konnte seinen Ärger kaum unterdrücken. »Ein Austesten mit einigen blauen Flecken bei Lukas, weil er sich nicht wehren konnte? Weil er seine Angreifer nicht richtig sehen konnte? Sie schützen einen behinderten Schüler nicht, wenn er in so einer ausweglosen Situation ist?«

»Ich wusste das doch nicht. Was soll das denn? Langsam reicht es mir. Ich möchte einen Anwalt sprechen. Sie stellen mir hier Fragen über Fragen. Ich weigere mich, noch etwas zu sagen.«

»Gut, Dr. Dreh. Nächstes Mal mit Anwalt. In zwei Stunden sprechen wir uns hier wieder.

Sie haben zwischenzeitlich die Möglichkeit, Ihren Anwalt zu konsultieren. Ein Telefon steht vorm Vernehmungsraum.« Katja klappte die Akten zu und legte sie zur Seite.

*

Als Dr. Dreh wütend aus dem Raum stapfte, um seinen Anruf zu erledigen, packte Katja die Unterlagen zusammen und ging mit Frank in ihr Büro.

»Puh, anstrengend. Jetzt mache ich mir erst einmal einen Tee.« Sie nahm ihre Schaumzuckertüte und reichte sie Frank. »Möchtest du auch eine weiße Maus?«

Frank verzog angewidert das Gesicht und schüttelte den Kopf. »Nee, danke. Weißt du doch, die sind mir zu süß.«

Mit prüfendem Blick holte Katja die Ingwertee-Beutel aus der Dose. Schon wieder fast leer. Eine Aufgabe für den nächsten Einkauf. Schaumzuckermäuse und Ingwertee, schnell notiert. Katja steckte ihren Zettel wieder in die Tasche und wartete auf das kochende Wasser. Endlich klackte der Wasserkocher. Kurz abwarten, abkühlen lassen und dann aufgießen. Sie lehnte sich mit dem Rücken bequem an die

Arbeitsplatte, zog die Stirn in Falten und guckte nachdenklich zu Frank. »Wieso kommt so ein Lehrer jahrelang mit dieser schülerfeindlichen Einstellung durch? Ich begreife das nicht. Gibt es da keine Überprüfungen, Fortbildungen, Kontrollen irgendwelcher Art, was weiß ich? Wir müssen beim Chef nachfragen, was sein Gespräch mit dem Schulrat gebracht hat. Der muss doch etwas gewusst haben, oder was denkst du?« Katja nahm die Beutel aus ihrer Tasse und warf sie in den Komposteimer.

»Hm, das habe ich mich auch schon gefragt. Ich hätte erwartet, dass Eltern sich bei solchen Fällen an die Schulaufsicht wenden. Oder vorher natürlich an die Schulleitung. Die ist ja immer der erste Ansprechpartner. Wir sollten auch noch einmal mit Herrn Linke sprechen. Wegen Oskar natürlich und auch wegen dieser »Hau-den-Lukas«-Geschichten.« Frank nahm sich eine Tasse Kaffee aus der Kapselmaschine und setzte sich damit an seinen Platz. »Wir sollten das Ganze noch einmal Stück für Stück aufarbeiten. Mir scheint, da ist irgendetwas im Hintergrund, was wir noch nicht sehen. Oder irgendeiner, der den ›Dreher‹ in Schutz nimmt.«

Katja verschluckte sich an ihrem Tee und fing an zu husten. Glucksend und mit Tränen in den Augenwinkeln schaute sie Frank an. »›Der Dreher‹, das ist so was von schräg. Der Typ ist aber wirklich geplagt mit seinem Spitznamen, sollte man meinen.« Wenn er nur nicht so ein Fiesling wäre.« Es klopfte an der Tür.

12

Ein großer, elegant gekleideter Mann trat ein. Schick mit dunkelgrauem Anzug und perfekt passender Krawatte. Er trug eine schwarze Leder-Aktentasche bei sich, holte einen Ausweis aus der Innentasche seiner Jacke. »Frau Sollig?«, fragte er mit Blick auf Katja. Sie nickte. »Anwaltskanzlei Vandrey und Partner. Rüdiger Vandrey. Ich möchte zu meinem Mandanten Dr. Dietmar Dreh.«

Katja studierte den Ausweis und gab ihn dem Anwalt zurück. »Einen Moment bitte, ich sage den Kollegen Bescheid. Sie werden Sie zum Vernehmungsraum bringen.« Sie ging zum Telefon und informierte die Zentrale. »Es kommt sofort jemand. Ah, da vorne, er kommt schon. In einer Stunde geht die Befragung weiter. Bitte sagen Sie Ihrem Mandanten Bescheid.«

Der Anwalt nickte Katja und Frank zu, drehte sich um, ging aus der Tür und folgte dem Kollegen zum Vernehmungsraum.

»Wir sollten noch ein paar Sachen besprechen, bevor es weitergeht, Frank. Ich kenne die

Kanzlei, die gehören zu den Besten im Strafrecht. Erstaunlich, dass Dr. Dreh solche Kontakte hat.«

»Nun, er scheint ja mittlerweile davon auszugehen, dass er angeklagt wird. Dabei haben wir noch nicht einmal alle Punkte besprochen. Schlechtes Gewissen wegen früherer Vorfälle, was meinst du?« Frank schaute seine Kollegin fragend an.

»Was ich glaube? Ich glaube, da ist eine ganz fiese Verschleierung im Hintergrund. Irgendwer deckt das, was Dr. Dreh angestellt hat. Und die Eltern trauen sich nicht, etwas zu sagen, weil sie Angst haben, ihre Kinder würden noch mehr Probleme kriegen. Und weil nicht sein kann, was nicht sein darf. Weil Lehrer keine Schüler quälen.«

Katja zog angewidert die Schultern hoch.

*

Auf dem Weg zum Vernehmungsraum ging Katja bei Bernd Neitmann vorbei, klopfte kurz an seine Tür und trat ein. »Guten Tag, Chef. Lieme und ich sind auf dem Weg zur weiteren Vernehmung von Dr. Dreh. Sein Anwalt ist auch anwesend. Haben Sie schon eine Antwort von der Staatsanwältin?

»Guten Tag, Frau Sollig.« Bernd Neitmann guckte von seinem Schreibtisch auf. »Ist gerade hereingekommen. Die Anklage steht. Er wird wegen der Fälle Lukas Kraft und Oskar Kater wegen Misshandlung Schutzbefohlener angeklagt. Die Ungereimtheiten bei Oskar Kater waren ausschlaggebend. Gute Arbeit, Frau Sollig, richten Sie das auch Lieme aus. Ein Glück, dass Herr Dreh jetzt seinen Anwalt dabei hat. Ohne rechtlichen Beistand ginge es jetzt gar nicht mehr.«

»Danke, Chef. Wir befragen ihn jetzt wegen Oskar Kater. Mal hören, was er zu den unterschiedlichen Unfallmeldungen zu sagen hat.« Sie nahm die Kopie der Anklage, steckte sie in die Akte – und machte sich auf zur Befragung zweiter Teil. Frank öffnete ihr die Tür zum Vernehmungsraum, formte mit den Lippen ein lautloses: »Auf geht's«, und schloss die Tür wieder hinter ihr.

»Meine Herren, wir möchten mit Ihnen über Oskar Kater sprechen.«

13

Der Schulrat für das Kamp-Gymnasium Badenhausen lehnte sich erleichtert in seinen Bürostuhl zurück. Gerade hatte er an seinem Arbeitsplatz im Verwaltungsgebäude der Bezirksregierung ein Telefongespräch beenden können. So ein Kriminaler hatte ihn angerufen. Wollte was wegen einer Geschichte mit dem Dreh wissen. Diesem Idioten. Der Typ kann sich einfach nicht beherrschen. Lange können wir den nicht mehr schützen. Wird Zeit, dass wir den langsam in den Ruhestand schicken. Der macht nur noch Ärger. Und versaut uns den Ruf. Wenn das rauskommt, dann sieht es schlecht für mich aus. Doch das kommt nicht raus. Diese Kriminalen, die wissen doch gar nichts, die kratzen doch nur ein bisschen an der Oberfläche. Also, ich lasse mich da auf nichts ein. Mir kann keiner was beweisen. Ein Griff zum Telefon. »Hier Maron, geben Sie mir mal Direktor Linke, Frau Schröder. Sofort! Sigmar? Hör zu!«…

*

Der Tag war schlauchend gewesen. Katja freute sich schon auf ihr Zuhause. So vieles ging ihr durch den Kopf. Sie würde nie verstehen, dass manche Pädagogen so eine abwertende Haltung zu behinderten Schülern haben. Und das in den Zeiten der Inklusion. Dr. Dreh hatte sich gedreht und gewendet, doch zu Oskars Andersartigkeit hatte er nur geringschätzige Worte übrig. Traurig und beschämend für das Schulsystem.

Statt den direkten Weg nach Hause rechts über den Krückeberg zu nehmen, fuhr Katja weiter geradeaus, durch die Todeskurve und durchs Wiesental. Nach ein paar Kilometern bog sie rechts in einen Waldweg ab und parkte ihren Toyota vor der Mauer des örtlichen Friedhofes von Langenholzhausen.

Das alte rostige Tor quietschte hingebungsvoll, nicht gerade passend zu der Stille dieses besonderen Ortes. Doch für Katja gehörte das Quietschen des Tores einfach dazu. Sie liebte diese Treffen an diesem ruhigen, romantischen Ort. Sie hatten ihn sich gemeinsam ausgesucht. Jan und sie. Schon früher hatten sie sich hier getroffen und die wunderschöne Aussicht genossen. So schöne alte Bäume und viele Plätze zum Innehalten und einfach nur Sitzen und Entspannen. »Ich komme, Jan«, dachte sie. »Hörst du mich?« Wann immer sie über einen Fall in Ruhe nachgrübeln wollte, traf sie Jan hier. Der Austausch tat ihr gut.

»Du wirst es kaum glauben. Der Dreh hat die ganze Zeit behauptet, er wäre über Oskar gestürzt. Er ging kein Quäntchen davon weg. Die Aussagen von Familie Kater wären eine Lüge, ausgedacht. Der Beweis sei doch die Meldung bei der Unfallkasse. Frank und ich kamen nicht an ihn ran. Sein Rechtsanwalt hinderte ihn die meiste Zeit am Reden. Vielleicht auch besser so, wenn man seine sonstigen abfälligen Kommentare bedenkt. Was meinst du, werden wir ihn festnageln können? Dreh und Linke, die haben sich abgesprochen. Wir müssen das nur noch beweisen. Doch das werden wir, bestimmt. Nicht wahr, Jan?« Sie setzte sich auf die Bank vor sein Grab. Jan Sollig. Geliebter Ehemann und Vater. Geboren 1967, gestorben 2012.

Jan. Er fehlte ihr so. Nun war er schon zwei Jahre tot, doch für Katja war er noch immer gegenwärtig. Wenn auch nicht körperlich, so doch mit seinen Ideen, seinen Gedanken, seiner sozialen Einstellung und seinem Einsatz für die, die schwächer sind, die sich nicht alleine wehren konnten.

Sie hatte Jan auf einer Fortbildung zum Thema »Soziale Kompetenzen« kennengelernt. Er war der Dozent und sie die junge Polizeischülerin. Einige Monate später heirateten sie. Während er seine Karriereleiter in der Staatskanzlei hinaufkletterte, verfolgte sie ihren Berufsweg als Polizeibeamtin mit einer Sonderausbildung in Sozialrecht und Verwaltungsvorschriften. Die Soko Sozial. Eine Sondereinheit, die Jan für die Landespolizei und ihre Regionalbehörden mit initiiert hatte.

»Mama?«

Katja drehte sich erschrocken um.

»Jakob! Wo kommst du denn her?« Sie stand auf, nahm ihren Sohn in den Arm und blickte zu ihm auf. Dunkelbraune Augen mit grünen Sprenkeln strahlten sie an. Diesen hübschen jungen Mann hatten Jan und sie wirklich gut hinbekommen.

»Och, ich habe deinen Wagen von der Straße aus gesehen. Da dachte ich mir schon, dass du zum Zwiegespräch mit Papa hier bist. Hat es was gebracht?« Verschmitzt schaute Jakob auf sie herunter, Katja konnte sich ein Grinsen nicht verkneifen.

»Ach, Jakob. Gedanken sammeln bringt doch immer etwas. Manchmal muss man einfach einen anderen Ort zum Nachdenken aufsuchen. Aber was erzähl ich dir das. Komm, lass uns gehen. Ich habe für das Essen zu Hause schon alles im Wagen.«

Sie richtete ihren Blick wieder auf das Grab. »Bis bald, Jan.« Katja hakte sich bei ihrem Sohn ein und schlenderte mit ihm Richtung Parkplatz.

14

Die Sonne schien direkt auf die edle Chromausstattung seines überdimensionierten Schreibtisches und blendete unangenehm seine Augen. Sigmar Linke knallte den Hörer zurück auf die Gabel, rollte wütend seinen Stuhl zurück und veränderte den Winkel des Lamellenvorhangs. Da sitzt man schon mit dem Rücken zum Fenster und trotzdem blendet dieses blöde Licht. Durchatmen, nicht weiter aufregen. Genau nachdenken, was jetzt zu tun ist. Karl, typisch, der zieht sich jetzt aus der Affäre und lässt mich mit Dietmars Starrsinn allein. Ich soll ihn auflaufen lassen, ihn tadeln und die Unterstützung der Schule entziehen. Hoffentlich ist es damit getan. Okay, Dietmar hat den Mist gebaut, soll er auch dafür geradestehen. Ich lasse mich nicht reinziehen. Karl schickt die vorläufige Suspendierung für Dietmar per Boten vorbei. Und ich sitze hier wieder und weiß nicht, woher ich einen Lehrer für die Vertretung hernehmen soll. Ist ja klar, Karl reibt sich die Hände und ich darf es ausbaden.

Es klopfte an der Tür. »Ja?«

Frau Schröder schob die Tür vorsichtig auf. »Herr Linke? Ich hab hier Herrn Lieme von der Polizei Badenhausen am Apparat. Ihr Telefon funktioniert nicht, ich kann ihn nicht verbinden.«

Linke blickte zum Apparat und schob den Hörer richtig auf seinen Platz. »Nun verbinden Sie schon. Jetzt muss es gehen.« Das Telefon klingelte und Linke nahm ab.

*

Kurze Zeit später nahm Sigmar Linke im Vernehmungsraum Platz.

»Sie reißen mich so einfach aus dem Schultag raus und zitieren mich hierhin. Warum? Das mit Dr. Dreh ist schon geklärt. Ich habe mit dem Schulrat telefoniert. Gegen Dr. Dreh läuft ein Disziplinarverfahren. Was wollen Sie denn noch?« Sigmar Linke knallte mit der Faust auf den Vernehmungstisch und versuchte verzweifelt, seinem Ärger Herr zu werden.

»Herr Linke«, sprach Katja den aufgebrachten Schuldirektor an. Hier geht es gar nicht um Dr. Dreh. Wir haben ein paar Fragen an Sie.«

»An mich? Was habe ich denn mit der ganzen Sache zu tun? Ich habe dem kleinen Kraft doch nichts getan. Dr. Dreh wird beurlaubt, den Rest erledigt die Dienstaufsicht bei der Bezirksregierung. Ich bin da raus.« Linke schnappte aufgeregt nach Luft.

»Frank, reich mir doch mal bitte die Unfallanzeigen.« Sie legte beide Blätter vor Linke hin. »Fällt Ihnen dazu etwas ein?«

Linke schob die Blätter zurück, ohne draufgeguckt zu haben. »Was werfen Sie mir denn vor? Warum bin ich hier?«

Frank schob die Blätter wieder zurück. »Herr Linke, bitte schauen Sie sich diese beiden Anzeigen an. Wir möchten wissen, welche die Kopie des Originals ist.«

Linke tippte auf das maschinengeschriebene Blatt. »Die hier, sehen Sie doch, ist doch der Schulstempel und meine Unterschrift drauf.« Erneut schob Linke die Blätter kaum beachtet von sich weg.

»Sie sollen sich die Unfallanzeigen schon ein bisschen genauer anschauen.«

Linke suchte in seiner Jackentasche und zog eine kleine Lesebrille hervor. »Okay, okay, geben Sie her.« Er schaute auf die Blätter und wurde blass. »Wo haben sie das denn her? Dieses alte Zeugs. Was hat das denn mit Lukas Kraft zu tun?«

»Ganz einfach«, mischte Katja sich ein. »Dieses alte Zeugs, wie Sie es nennen, hat mit Dr. Dreh zu tun. Und mit der wundersamen Veränderung einer Unfallanzeige. Wie erklären Sie sich, dass für einen Vorfall zwei Unfallanzeigen existieren?«

*

Das Abschlussgespräch zwischen der Sonderkommission und der Staatsanwaltschaft ließ sich gut an. Katja saß gemeinsam mit Frank und Bernd Neitmann im Büro der Staatsanwältin Magdalena Stein und stellte die Ergebnisse ihrer Ermittlungsarbeit vor. »Also, wir haben zuerst Dr. Dreh und den Fall Lukas Kraft«, begann sie mit ihrer Zusammenfassung. »Dr. Dreh hat vollumfänglich die ihm vorgeworfenen Taten zugegeben. Er hat Lukas den Ball absichtlich zugeworfen. Für ihn war das eine normale Vorgehensweise. Von Lukas' Behinderung will er nichts gewusst haben. Einen Gegenbeweis konnten wir da nicht erbringen. Nur die Lehrerbriefe der Eltern, die

Dr. Dreh wohl nicht ernstgenommen oder besser gar nicht erst gelesen hat. Von Nachteil für ihn ist jedoch diese »Hau-den-Lukas«-Geschichte. Er ist nicht eingeschritten. Er hat das Mobbing nicht unterbunden, was eindeutig gegen die Landes-Schulgesetze spricht. Genau genommen hat er sich an dem Mobbing sogar noch beteiligt. Für Frank und mich fiel die Ausdrucksweise Dr. Drehs während der Befragungen auf. Sehr verächtlich und gegenüber manchen Schülern ausgrenzend. Festgemacht haben wir die Beweislage an den Aussagen der beiden Schüler aus Lukas' Klasse. Der Schriftsatz liegt Ihnen vor, Frau Stein. Frank übernimmst du bitte die Zusammenfassung zum Fall Oskar Kraft?« Katja überreichte Frank den Zeigestock und die Fernbedienung für den Beamer.

»Danke, Katja.« Frank nickte Katja zu.

»Gut«, begann Frank und nahm sich seine Aufzeichnungen. Er unterstrich die Namen Dreh, Linke und Maron an der Tafel.

»Wir haben herausgefunden, dass zwischen diesen Dreien eine Allianz bestand. Der Schulrat hatte sich lange Zeit herausgehalten und die Vorgabe erlassen, Stillschweigen zu bewahren. Einzige Direktive war, nichts nach draußen zu lassen und den Standard der Inklusionsschule zu halten. Somit mussten auffällige Schüler, vielleicht sogar von aufmüpfigen Eltern, gehen. Irgendwie. So wie in unserem Fall Oskar. Dr. Dreh war erwiesenermaßen ihm gegenüber übergriffig. Die Umstände sind Ihnen bekannt?« Frank blickte zu Magda Stein und zu seinem Chef. Beide nickten.

»Dann geschah das, was uns überhaupt erst darauf gebracht hat, dass die Fälle Lukas Kraft und Oskar Kater zusammengehören. Dass sie eine Gemeinsamkeit haben. Dr. Dreh.« Frank klickte weiter. An der Tafel erschienen die beiden unterschiedlichen Unfallmeldungen. Eine nur mit der Unterschrift von Frau Kater und eine mit dieser Unterschrift und dem Schulstempel und zusätzlich der Unterschrift des Schulleiters Linke. Frank erläuterte die Unterschiede und fuhr fort: »Katja hat alle drei Versionen zur kriminaltechnischen Untersuchung gegeben. Das Original der Unfallkasse, die Kopie der Schule und die Kopie, die in Lukas' Akte aufgetaucht ist. Und dabei ist aufgefallen, dass von den drei Blättern nur eines das Original und keine Durchschrift war.« Er blickte in die Runde und schaute erneut die Staatsanwältin an.

*

Magdalena Stein, die es sich auf einem der Hocker bequem gemacht hatte, wippte mit den Beinen. »Aha, Herr Lieme. Ich habe es kapiert. Sie meinen also, die Unfallkasse hat nur eine Kopie gehabt, die Schule hatte auch nur eine Kopie. Beide die mit der Aussage, der Lehrer wäre gestolpert. Und das dritte Blatt, mit der Beschreibung des Übergriffs, ist das Original, nur ohne Schulstempel und Schulleiterunterschrift. Haben Sie die Durchschrift von Frau Kater erhalten?«

»Stimmt, Frau Stein. Deshalb sind wir diesem Trick auch auf die Schliche gekommen. Wir haben jetzt die Möglichkeit, Sigmar Linke seinen Betrug zu beweisen. Wer auch immer dieses Blatt …«, Frank zeigte auf das Original, »… also, wer das Blatt in Lukas' Schülerakte gesteckt hat, hat uns einen großen Gefallen getan. Uns wären diese Machenschaften sonst nie aufgefallen. Frau Stein, was benötigen Sie noch für Ihre Beweisführung?«

Frau Stein fasste zusammen: »Wir haben also zum einen die Anklage gegen Dr. Dreh. Dann Ermittlungen gegen den Schulleiter Sigmar Linke wegen Falschaussage und gegen den Schulrat Herrn Maron, der seinen Aufgaben und seiner Fürsorgepflicht gegenüber den Schülern und deren Eltern nicht nachgekommen zu sein scheint. Ich werde mich in den nächsten Tagen intensiver mit den rechtlichen Grundlagen aufgrund Ihrer Ermittlungen auseinandersetzten und alles dem Richter vorlegen.«

Magdalena Stein glitt vorsichtig von dem Hocker herunter, nahm sich ihre Unterlagen und wandte sich an das Team der Soko Sozial. »Sehr gut gemacht. Ich habe alles, was ich brauche. Geben Sie mir noch den Laborbericht mit. Und machen Sie sich für die Zeugenbefragung bereit. Ich werde Sie beide als Zeugen der Anklage laden.« Sie packte die Unterlagen in ihre Aktenmappe, griff mit einer Hand in ihre blonde Lockenmähne und band sie sich mit der anderen mit einem Haargummi zusammen. Mit einem weiteren Griff zu ihrer Mappe. »Nun, Leute. Dann will ich mich mal an die Anklage machen. Und dem Richter die Untersuchungshaft von Dr. Dreh empfehlen.« Sie ging zu ihrem Schreibtisch, gab auf dem Weg dorthin den drei Kollegen der Sonderkommission die Hand. »Wir sehen uns kurz vorm Gerichtstermin zur letzten Besprechung. Machen Sie bitte mit den Ermittlungen gegen Linke und Maron weiter.«

15

Einige Monate später fuhr Katja in ihrem dunkelgrünen Toyota zum Landgericht in Detmold, Frank neben sich. Die beiden waren als Vertreter der Ermittlungsbehörden zu einem ganz besonderen Verfahren geladen. Dem ersten seiner Art im Regierungsbezirk. Sie fuhr die Paulinenstraße lang und bog in die Heinrich-Drake-Straße ein, um sich einen Parkplatz auf dem Kaiser-Wilhelm-Platz zu suchen. Mit einem Blick auf die Parkgebühren-Tabelle am Eingang seufzte sie auf, verdrehte die Augen und guckte Frank genervt an.

»Meine Güte, Frank, das kann ja wohl nicht wahr sein! So eine große Stadt und so niedrige Parkgebühren – 50 Cent pro Stunde, das gibt es doch nicht. Als ich das letzte Mal in die Nachbarkreisstadt gefahren bin, da wollten die einen Euro für 30 Minuten haben. Da war ich echt froh, dass wir eine Sondergenehmigung zum Parken haben. So viel Kleingeld hatte ich gar nicht mit. Die Parkscheinautomaten da fressen die Münzen ja regelrecht.«

»Lieber zu Hause bleiben, dann klappt es auch mit den Parkgebühren«, konterte Frank schelmisch.

Katja grinste amüsiert zurück, suchte sich einen freien Platz, legte ihren Dienstparkausweis vor die Scheibe und schnappte sich ihren Aktenkoffer. »Dann lass uns mal losgehen. Mal schauen, was der Tag heute bringt.«

*

Die Staatsanwaltschaft, vertreten durch die Staatsanwältin Magdalena Stein, führte die Anklage gegen Dr. Dietmar Dreh aus. Berichtete von seinem Vorgehen gegen den Schüler Lukas Kraft, erwähnte die grobe Behandlung und den tätlichen Übergriff gegen Oskar Kater und wies auch auf die psychischen Folgen bei den Schülern durch diese Vorkommnisse hin. Die Rückschritte bei Lukas, der mittlerweile nicht mehr ohne Assistenz zur Schule gehen konnte und die Verzweiflungstat von Oskar Kater, den die Einsamkeit und die Ausgrenzung und besonders die Zwangsausschulung zum Selbstmord getrieben hatten. Es ging ein laut vernehmliches Aufseufzen durch die Zuhörerreihen. Die Eltern der beiden Schüler, besonders die Eheleute Kater, saßen mit Tränen in den Augen auf ihren Plätzen. Sie waren, ebenso wie Claudia und Karsten Kraft, als Nebenkläger geladen und mussten die Geschehnisse der vergangenen Jahre noch einmal durchleben.

*

Magdalena Stein wandte sich dem Angeklagten zu. »Dr. Dreh, bitte erzählen Sie, wie Sie den Sturz von Oskar Kater erlebt haben. Was ist damals passiert?«

Der Angeklagte Dr. Dreh rutschte nervös auf seinem Stuhl herum. »Das ist schon lange her, doch soweit ich mich erinnern kann, habe ich Oskar aus dem Raum geschickt, damit er seine Jacke endlich draußen hinhängt«, begann er.

»Und dann drehte ich mich um, um zur Tafel zu gehen. Doch da stand er immer noch rum.« Er schüttelte ärgerlich mit dem Kopf und fuhr fort: »Ich habe mich erschrocken und bin über ihn gestürzt. Das war alles. Ein Unfall, sonst nichts.«

»Und haben Sie mit Oskar später noch einmal darüber gesprochen?«

»Nein, obwohl, ich habe mich schon entschuldigt, weil ich ihn übersehen hatte. War nur blöd von ihm, dass er meiner Aufforderung zum Rausgehen nicht gefolgt ist.«

»Und später? Als sie von seinen Verletzungen gehört haben?«

»Verletzungen? Davon weiß ich nichts. Er muss wohl damals von der Schule gegangen sein. Ich habe ihn seitdem nicht mehr gesehen oder von ihm gehört.«

»Das ist auch schwerlich möglich, Dr. Dreh. Oskar ist seit einem Jahr tot.«

Diesmal zeigte Dr. Dreh mehr Gefühl. Er wirkte schockiert und – verwirrt.

Langsam ging die Verhandlung ihrem Höhepunkt entgegen: die Befragung des Zeugen Sigmar Linke.

»Herr Linke«, begann die Staatsanwältin. »Den Nachweis des Übergriffes gegen Lukas Kraft haben wir hier führen können. Sie haben uns dazu die fehlenden, den Angeklagten belastende Informationen geben können.«

Dr. Dreh räusperte sich vernehmlich und reagierte mit einem empörtem: »Du? Du, Sigmar?« Er sank in sich zusammen, schaute enttäuscht auf den Boden.

Magdalena Stein ließ sich nicht beirren und fuhr fort: »Nun kommen wir zu der Unfallanzeige des Oskar Kater. Eingereicht durch das Kamp-Gymnasium Badenhausen, unterschrieben vom Schulleiter. Bitte schauen Sie an die Tafel. Einen Moment.«

Sie öffnete das Programm auf dem Computer und warf das Foto der Unfallanzeige, die bei der Unfallkasse eingereicht worden war, auf den Riesen-Bildschirm oberhalb des Richtertisches.

»Herr Linke. Ist dies die Anzeige, die Sie an die Schüler-Unfallkasse geschickt haben?« Mit dem Cursor klickte sie den maschinegeschriebenen Bericht an.

»Ja, das ist sie.«

»Hat Frau Kater davon eine Kopie bekommen?«

»Sicher, ich hatte ihr die hintere Durchschrift mitgegeben, für ihre Akten.«

»Kennen Sie diesen Bericht?« Frau Stein tippte auf das Original, das sich in der Akte von Lukas Kraft befunden hatte.

Sigmar Linke schaute nach oben zum Monitor. »Nein, kenne ich nicht«, sagte er. »Ist ja auch handschriftlich. Sowas geht bei uns nicht raus.«

»Und warum ist die Unterschrift von Frau Kater die Originalunterschrift, keine Kopie?«

»Woher soll ich das wissen? Selbst unterschrieben und behauptet, das wäre richtig. Keine Ahnung.«

»Wieso ist dann das sogenannte Original, das an die Unfallkasse ging, mit einer Durchschrift der Unterschrift von Frau Kater?« Magdalena Stein wurde immer drängender und brachte den Zeugen sichtlich aus der Fassung.

»Ich weiß es doch nicht!« Seine Stimme wurde schrill.

Die Staatsanwältin schickte den Zeugen wieder nach draußen, raus aus dem Zuschauerraum.

»Ich rufe nun die Zeugin Juliane Kater auf.«

*

»Frau Kater«, begann die Staatsanwältin. »Bitte erzählen Sie von dem Tag, an dem Sie die Unfallanzeige in der Schule abgegeben haben. Wie ist das abgelaufen?«

Frau Kater holte tief Luft und begann zu erzählen. Mit fester Stimme sagte sie: »Im Krankenhaus sagten uns die Ärzte, wir bräuchten eine Anzeige bei der Schülerunfallkasse, weil die die Behandlungskosten bezahlen müssten. Ich habe mir dann einen Vordruck von Frau Schröder, der Schulsekretärin, geholt, ihn zu Hause ausgefüllt und wollte ihn in der Schule abgeben. Dann hätte die ihn weitergeleitet. Herr Linke war alleine im Sekretariat, darum habe ich ihm das Blatt gegeben, damit er es in den Kasten für den Schriftverkehr legen konnte.« Sie rieb sich an der Schulter und drückte die Schultern nach unten, um sie zu entspannen.

Dann sprach Frau Kater weiter: »Ja, dann meinte Herr Linke, er wolle das schon fertig machen, dann könne es noch am gleichen Tag mit der Post raus. Er ging in sein Büro, kam nach einiger Zeit wieder heraus und gab mir ein Klemmbrett mit der Anzeige und ein paar Blättern darunter. Dazwischen war dieses blaue Durchschreibpapier, Kohlepapier, richtig? Ich habe dann also unterschrieben und Herr Linke hat mir das unterste Blatt gegeben.

Die Kopie mit meinem Text und meiner Unterschrift. Er meinte, er hätte keine Zeit mehr, weil eine Lehrerkonferenz anstünde, darum würde er das mit dem Schulstempel und so später erledigen. Na, dann habe ich meine Kopie eingepackt und bin gegangen.«

»Wissen Sie, ob alle Durchschläge gleich waren?, hakte die Staatsanwältin nach.

»Nein«, meinte Frau Kater. »Darüber habe ich mir gar keine Gedanken gemacht. Aus welchem Grund auch? Mich hatte nur erstaunt, dass Herr Linke gar nicht auf meine Anzeige geschaut hatte. Er hatte sie mitgenommen in sein Büro und kam dann wegen der Unterschrift mit dem Klemmbrett wieder. Bis heute habe ich von der Unfallkasse nie etwas gehört. Und ich fand das sehr seltsam. So ein Übergriff eines Lehrers auf einen behinderten Schüler – das kann doch nicht wie so ein kleiner Unfall abgerechnet werden. Ich habe das bis heute nicht begriffen, was da mit Oskars Unfallanzeige passiert ist.«

*

Magdalena Stein rief erneut den Schulleiter in den Zeugenstand. Sie zeigte die drei verschiedenen Anzeigen auf dem Monitor und erklärte präzise die Unterschiede zwischen den verschiedenen Kopien und dem Original. Sigmar Linke wurde zusehends nervöser.

»Herr Linke, nun frage ich Sie noch einmal: Wie kommt es zu den unterschiedlichen Anzeigen?«

Sigmar Linke straffte sich, drückte den Rücken durch und sagte sehr überheblich: »Woher soll ich das wissen? Ich kenne diesen Wisch nicht.«

»Gut, Herr Linke. Dann frage ich mich aber: Wieso sind dann Ihre Fingerabdrücke auf dem Blatt mit der Originalunterschrift von Frau Kater? Dem Blatt, das wir nur zufällig in einer Schulakte gefunden haben?«

Die Staatsanwältin knallte dem Zeugen den eingeschweißten Beweis auf den Tisch vor ihm.

»Wie kommen Ihre Fingerabdrücke hier drauf, wenn Sie dieses Blatt doch nie gesehen haben wollen?«

»Das kann doch gar nicht sein, ich hatte doch Handschuhe an. Oder nicht?« Sigmar Linke knickte ein, gab auf. Seine Augen weiteten sich merklich – es war vorbei.

»Das kann nicht sein? Vermutlich schon. Denn beim Gespräch mit Frau Kater hatten Sie keine an.«

»Ich habe aufgepasst, ich habe es nicht angefasst. Nein, nein.«

»Nun, Herr Linke, da haben Sie beim Wegwerfen in den Papierkorb wohl nicht mehr aufgepasst. Sie waren sich einfach zu sicher, dass Ihr Betrug nie auffallen wird.«

Magdalena Stein verzog ihr Gesicht zu einem zynischen Grinsen. »Es ist ein Problem, wenn man sich zu sicher ist und vergisst, dass heutzutage der Papiermüll nochmal überprüft wird, damit keine Fremdstoffe dazwischen sind. Da muss wohl einer Ihrer Mitarbeiter sehr sorgsam und sehr sorgfältig gearbeitet haben. Sie haben gute Leute, Herr Linke. Gehabt.«

Und damit ging die Staatsanwältin zum Richtertisch.

Mit einem Blick zum vorsitzenden Richter sagte sie nur: »Herr Vorsitzender?«

Der bestätigte die stumme Nachfrage und sagte: »In Ordnung.«

»Bitte führen Sie Herrn Linke ab.« Frau Stein nickte zu den beiden Vollzugsbeamten, die den protestierenden Sigmar Linke durch einen Nebeneingang aus dem Gerichtssaal führten.

»Sie haben ja recht«, rief er. »Das war so dumm von mir. Doch was hätte ich denn machen sollen? Meine Schule, der gute Ruf meiner Schule. Ich musste etwas tun. Es ist doch keiner zu Schaden gekommen. Die Kasse hat doch bezahlt.«

Unruhe breitete sich aus. Von irgendwo kam ein Zwischenruf, den niemand unterbinden wollte. »Ihre Schüler! Was ist mit dem guten Ruf Ihrer Schüler, Linke?«

*

In wenigen Stunden sollte das Urteil verkündet werden. Doch noch versammelten sich die gesamte regionale Presse und auch einige überregionale Fernsehsender in den Räumen der Bezirksregierung und der Schulaufsicht in Detmold.

Der Regierungspräsident übernahm das Wort und trat an das Mikrofon.

»Meine Damen und Herren«, sprach er die

Pressevertreter an. »Ich danke für Ihr zahlreiches Erscheinen. Die zuständigen Fachbereiche haben Sie heute zu diesem Termin gebeten, um Ihnen den neuesten Stand zum Thema Dr. Dietmar Dreh mitzuteilen. Wie Ihnen sicher bekannt sein wird, ist in wenigen Stunden der letzte Tag der Gerichtsverhandlung mit der Verkündung des Urteils. Vorab möchten wir Sie jedoch schon über die Entscheidungen der Schulaufsicht informieren, die mit mir als oberstem Dienstherrn, die weitere Vorgehensweise abgestimmt haben. Ich übergebe für nähere Informationen an Herrn Meier-Böke. Bitte, Herr Kollege.«

Der Regierungspräsident trat zur Seite und überließ seinen Platz am Mikrofon Herrn Meier-Böke. Dieser räusperte sich vernehmlich, holte einmal ganz tief Luft und fing an zu reden.

»Sehr verehrte Damen und Herren von der Presse. Auch von mir noch einmal einen herzlichen Dank für Ihr zahlreiches Erscheinen. Gleich zu Beginn möchte ich mit der schwersten Aufgabe beginnen. Es fällt mir nicht leicht, denn es ist ein Zeichen für unsere Unfähigkeit in den letzten Monaten, Fehler in unseren Reihen, frühzeitig zu erkennen.«

Ein Raunen der Empörung ging durch die Reihen der Medienleute.

Der oberste Schulrat hob abwehrend die Hände und fuhr fort: »Bitte entschuldigen Sie. Es ist auch für uns eine Situation, mit der wir erst lernen müssen, umzugehen.«

Ein leises Kichern irgendwo im Raum ließ ihn irritiert fortfahren: »Gut, dann will ich mit der für mich und meine Kollegen wichtigsten Information beginnen. Wir möchten unser großes Bedauern für die Vorfälle in der Vergangenheit ausdrücken. Einzelne Vorfälle, …«. Schon wieder ein Raunen in den Reihen. Herr Meier-Böke fuhr fort: »Einzelfälle, doch genauso bedauerlich, da sie das Leben zweier Schüler und ihrer Familien zerstört haben. Wir möchten uns aus tiefstem Herzen und voller Bedauern für das Verhalten dieses Lehrers und seiner Vorgesetzten bei den Eltern entschuldigen. Das waren Vorkommnisse, die so einfach nicht vorkommen durften. Die völlig den Vorgaben der Schulaufsicht und den Aufgaben der Schulaufsicht widersprechen. Die

Aufgaben für Lehrer und für Eltern und für Schüler als Ansprechpartner und Helfer zur Verfügung zu stehen. Was hier passiert ist, straft unsere ganzen Bemühungen ab. Mir ist bewusst, dass es lange Zeit dauern wird, bis wir das Vertrauen zur Schüler- und zur Elternschaft wieder aufbauen können. Doch vorerst noch einmal – direkt an die Eheleute Kater und an Lukas und seine Eltern, die Eheleute Kraft ganz persönlich: Wir bitten Sie um Entschuldigung. Es wird dauern, bis Sie sie annehmen können, damit müssen wir leben. Wir haben schwerwiegende Fehler gemacht. Und auch damit müssen wir leben.«

Herr Meier-Böke atmete noch einmal tief ein und sagte dann: »Und nun zu den ersten Konsequenzen, die wir unabhängig vom Ausgang des heutigen Gerichtsverfahrens getroffen haben. Meine Mitarbeiter werden Ihnen nach Ende dieser Pressekonferenz das Protokoll der Absprachen aushändigen.«

Herr Meier-Böke stellte einen Fuß weiter vor und nahm sich ein Blatt vom Rednerpult, von dem er ablas:

»Ungeachtet des Ausgangs des heute zu

Ende gehenden Gerichtsverfahrens möchte ich im Namen der Schulaufsicht folgende Entscheidungen verkünden: Der seit Beginn des Klageverfahrens vorläufig suspendierte Dr. Dietmar Dreh, Chemie- und Sportlehrer am Kamp-Gymnasium in Badenhausen, wird mit sofortiger Wirkung aus dem Schuldienst ausscheiden. Seine Pensionsansprüche für die Zukunft verfallen somit.«

Die Presseleute fingen begeistert an zu klatschen. Auf manchen Gesichtern sah man einen zufriedenen Ausdruck.

»Der bisherige Schulleiter des Kamp-Gymnasiums Badenhausen, Sigmar Linke«, sprach Herr Meier-Böke etwas lauter in die Unruhe des Saales: »… wird ab kommenden Monat die freie Lehrerstelle für das Fach Mathematik im Nachbarkreis Paderborn übernehmen.«

Herr Meier-Böke wollte das Papier zur Seite legen fortfahren, da hob sich eine Hand aus der Menge der Medienvertreter.

»Ja?«

»Isabella Gurany, Badenhausen aktuell. Meine Frage betrifft Herrn Maron als leitenden

Schulrat des KGB, Gibt es von ihm eine Stellungnahme zu den Vorkommnissen? In welcher Weise ist er involviert?«

Herr Meier-Böke hüstelte und räusperte sich. Abwiegelnd sagte er nur: »Das Angebot an den Schulrat, Herrn Maron, auf eine freiwerdende Stelle im Schulministerium, hat dieser aus persönlichen Gründen abgelehnt, sodass auch er zum nächsten Quartal aus dem Schuldienst ausscheiden wird.«

Im Saal wurde es erneut unruhiger, einige Pressevertreter klatschten. Die Stifte und die Tastaturen knackten unter den eiligen Einträgen.

Isabella Gurany hakte nach: »Und was sagt er zu dem, was an einem von ihm betreuten und beaufsichtigten Gymnasium passiert ist?«

»Kein Kommentar, Frau Gurany.«

Der oberste Schulrat legte das Papier nun zur Seite und wandte sich erneut frei an die Pressevertreter: »Es ist nicht viel, was wir nachträglich machen konnten, doch ich hoffe, dass die bisher getroffenen Maßnahmen, auch bei den internen Vorgaben, solche erschreckenden Vorkommnisse nie wieder vorkommen lassen. Nehmen Sie uns alle in die Pflicht und sagen Sie frühzeitig Bescheid, wenn irgendwo etwas aus dem Ruder läuft. Wir haben für die Zukunft eine Melde- und Beratungsstelle eingerichtet, die Eltern und Schülern die Scheu vor dem Hilfeersuchen bei der Schulaufsicht nehmen soll. Auch ein Schritt in eine hoffnungsvolle Zukunft. Lassen Sie es uns angehen! Vielen Dank.«

Herr Meier-Böke nickte den Anwesenden zu, nahm seine Unterlagen und ging gemeinsam mit dem wartenden Regierungspräsidenten nach hinten vom Podium und verließ den Saal.

EPILOG

Am Nachmittag trafen sich einige zugelassene Medienvertreter, Eltern und Schüler im Gericht. Unruhe und Aufregung schwirrten durch den Raum.

Der Richter kam herein, alle Zuhörer standen auf, setzten sich nach Aufforderung wieder, und das Urteil wurde verkündet.

Die Staatsanwaltschaft und die Kommissare waren sich der Auswirkungen des Urteils mehr als bewusst. Sollte Dr. Dreh auch im Revisionsverfahren verlieren, würde er die nächsten Jahre weiter in der Justizvollzugsanstalt bleiben. Vier Jahre ohne Bewährung aufgrund der Schwere der Schuld und der Wiederholungsgefahr und auch wegen der versuchten Vertuschung einer Straftat. Herrn Maron konnte Frau Stein die absichtliche Teilnahme an der »Vertuschung« nicht nachweisen. Er bekam nur als verantwortlicher Schulrat Probleme und hatte schon mit der Schulaufsicht mögliche Zukunftsperspektiven besprochen. Doch Sigmar Linke schaffte es nicht, sich weiter herauszureden. Auf ihn wartete ein eigenes Verfahren. Schon jetzt zeichnete sich ab, dass auch auf ihn eine Gefängnisstrafe von über einem Jahr warten könnte. Und tschüss, Pensionsanspruch!

*

Der vorsitzende Richter schob die Akten zur Seite und setzte zu seinem Schlusswort an. »So ein Verfahren wie dieses«, begann er, »... so ein Verfahren wirft kein gutes Licht auf die Arbeit der Lehrer in unserem Land. Und das nur, weil hier zwei Lehrer die wunderbare Arbeit und das Engagement und den guten Ruf vieler ihrer Kollegen gleich mit zerstört haben. Kollegen, die jeden Tag ihr Bestes geben. Kollegen, denen ihre Schüler am Herzen liegen. Was für ein Misstrauen gegenüber Entscheidungen wird geschürt, wenn sich Eltern nicht mehr auf die Aussage von Schulleitungen und Schulräten verlassen können? Welche Unsicherheit zeigt sich bei Schülern, wenn ihnen nicht die Hilfe gewährt wird, die sie dringend benötigen? Und gerade in Zeiten der Inklusion sollten wir auf Gemeinsamkeiten setzen. Nicht auf Ausgrenzung, sondern auf ein Miteinander.

Ich habe die Hoffnung«, fuhr er fort, »… die Hoffnung, dass dieser Fall für die Zukunft eine unrühmliche Ausnahme bleibt. Dass alle lernen, wie wir richtig miteinander umgehen. Und dass die Kontrollmechanismen wirken. Seien wir aufmerksam! Lassen wir die Verletzungen der Vergangenheit hinter uns, schauen wir voller Zuversicht in die Zukunft.«

Er beendete seine Ausführungen und schloss die Verhandlung. Unruhe, Geklapper, Gelärme. Die Türen gingen auf. Auf dem Gang blitzten die Fotoapparate. Nun ging es in den Medien weiter. Endlich Erleichterung für Lukas und Genugtuung für Oskar und seine Eltern.

Doch eine einzige Frage würde für immer offenbleiben: Wer hat die originale Unfallmeldung gefunden, aufbewahrt und zur richtigen Zeit in Lukas' Akte versteckt?

Katja blickte auf die gegenüberliegende Seite des Gerichtssaals. Anne Schröder saß in der hintersten Reihe und schaute sie mit freundlichen Augen an. Ein wissendes Lächeln zog über ihr Gesicht.

ENDE

In Gedenken an Marc Segar.

Dankeschön

Zuallererst möchte ich mich für die Idee für diese Sozialkrimi-Reihe bei Klara Westhoff bedanken. In ihrer Biographie »In Felix veritas – Aus dem Tagebuch einer Asperger-Mutter« habe ich viele Szenen entdeckt, die wie gemacht für die Aufarbeitung in einem Roman sind. Was im realen Leben oft unbefriedigend für die Beteiligten im Sande verläuft, lässt in der Fiktion den Leser mit seinem Gerechtigkeitsgefühl nicht allein.

Und dann gilt mein Dank Mareike. Danke für Deinen fähigen Blick und all Deine Tipps, die diesen Roman zu einer schlüssigen Geschichte werden ließen. Und auch an Marion und Dorothee: Ihr habt auch hinter die Fassade geguckt und mir Haken und Ösen gezeigt. Klasse! Ihr drei habt mir die Augen geöffnet und mich tief blicken lassen.

Zuguterletzt der Dank an meine Familie. Danke für Eure Ausdauer und Euer Verständnis und die Übernahme manch meiner Pflichten, während ich in den Tiefen der Geschichte versunken war. Jetzt bin ich fertig und wieder voll für Euch da – bis zur nächsten faszinierenden Tauchfahrt.